JN045100
下に
すぎっ！
ピンチかもしれませんっ！
仙崎ひとみ
HITOMI SENZAKI

Noche

NB

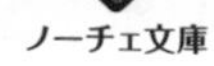

ノーチェ文庫

登場人物紹介
エルネスト
アーガム王国の国王。
容赦のない執政ぶりから
『冷酷無比な独裁王』と
恐れられている。
ソレイユ
18歳の子爵令嬢。
ある出来事がきっかけで
男性不信になり、
眼鏡をかけて男装している。

ジェレミー
エルネストの弟。
厳しい兄とは対照的に
物腰の柔らかな美青年。
ヴィオレーヌ
公爵家の令嬢。
派手な装いをして、
高飛車に振る舞う。
シモン
高位貴族の青年。
ギィと共謀してソレイユに
トラウマを負わせた。
ギィ
高位貴族の青年。
純真だったソレイユを
騙して襲おうとした。

目次

冷酷無比な国王陛下に愛されすぎっ！
絶倫すぎっ！
ピンチかもしれませんっ！

第一章　銀髪の雄々しき救世主

ソレイユは、アーガム王国の王都に屋敷を構える、モンターニュ子爵のひとり娘だ。

子爵令嬢であるソレイユは、父の香辛料事業が成功したことにより、上位の貴族よりも裕福な暮らしを送っている。

社交界に憧れを持っていたソレイユは、十五歳になって早々、パーティに連れていってほしいと父母にお願いした。

だがこの国の成人年齢は十八歳。社交界というのは成人した王族や上位貴族の集う場であって、十八歳未満の子息子女は入れないものとされている。

ただし例外もあり、爵位を継いで当主となった男性と、結婚している女性は一人前の大人として、社交界への出入りを認められている。そして十八歳未満でも、親の同伴があれば参加することができた。

しかし父母からは規模の大きなパーティへ参加するのはまだ早いと言われ、ソレイユは上位貴族が開催する気軽なパーティやサロンにのみ顔を出している。

そこで仲良くなった友人たちは、ソレイユより爵位は上だが、とても優しかった。人気のドレスデザイナーを教えてくれたり、巷で流行りのアクセサリーをプレゼントしてくれたり。女性はとても親切だし、男性は紳士的で、ソレイユは社交界というものを気に入っていた。

そんな、ある日の午後。

ソレイユは公爵家の令嬢が主催するダンスパーティに招待され、ウキウキした気持ちで赴いた。

親の同伴を必要とする本格的なパーティではないが、さすが公爵令嬢が主催するだけあって、名のある貴族の子息子女が多数参加している。

ダンスのほかに、詩の朗読やお菓子を摘まみながらのおしゃべり。

そんな楽しいひとときは、あっという間に過ぎてしまう。

そろそろお開きだと言われて、ソレイユは名残惜しい気持ちを抱えたまま、友人たちに挨拶をしてエントランスへと向かった。

外に出ると、御者が馬車停めにしゃがみ込んで、馬車の車輪を確認していた。

「どうしたの？」

ソレイユが声をかけると、御者は立ち上がって帽子を手に取り、頭を垂れた。

「ソレイユお嬢様。車輪の軸が緩み、外れそうになっております。このまま走らせるのは危険です。辻馬車を拾うか、屋敷から馬車を一台呼ばなければなりません」

「まあ……どうしましょう」

途方に暮れていたところ、一台の馬車がソレイユの前に停まった。

その窓から顔を出したのは、ソレイユがよく話をする侯爵家の令嬢、アデリーヌだ。

「ソレイユさん。いかがいたしました？」

「馬車の車輪が壊れてしまったようです」

「まあ。それはお困りでしょう。わたくしの馬車でお送りいたしましょうか？」

時はすでに夕暮れだ。辻馬車がすぐに拾えるかどうかわからないし、屋敷からひとを呼ぶのは時間がかかる。ここは彼女の厚意に甘えることにした。

「ありがとうございます。アデリーヌ様」

「構わないわ。さあ、乗って」

ソレイユは自分で屋敷に戻るという御者を残し、アデリーヌと向かい合う形で馬車に乗り込む。馬車が走り出してからは、彼女と様々な話に興じた。

「――そうですか。アデリーヌ様には婚約者がいらっしゃるのですね」

「お父様がお決めになったお相手で、公爵様なの。相手のかたがわたくしのことを気に入ってくださったのだと聞いているけれど、どこで見初められたのかしらね」

アデリーヌは満更でもないという顔で、照れくさそうに微笑む。

「ソレイユさんは？　そろそろ縁談のお話が来ているのではないの？」

「まだみたいです。そんな話はまったく……」

「これからいっぱい来ますわ。ソレイユさんのお父様は顔が広いもの。きっと素敵な男性を選んでくださるでしょう」

「でも……結婚相手は、自分で選びたくありませんか？」

ソレイユがそう問うと、アデリーヌはふふふっと軽やかに笑った。

「あら。貴族に生まれた以上、お相手を自身で選ぶのは難しいわ」

上位貴族の大半が政略結婚することは知っている。

だがソレイユは、まだまだ結婚に夢を持っていたい年頃だ。できることならば、好きな男性と結婚したいと考えている。

そんな話をしながら十分ほど走っただろうか、突然ガクンッと馬車が揺れて停まった。

「どうしたのかしら？」

ソレイユもアデリーヌも何ごとかときょろきょろしていると、焦った様子の御者が小窓から話しかけてきた。

「お嬢様。車輪が溝に取られました」

「ええ？」

アデリーヌと一緒に馬車から降りる。見ると片輪が溝にはまっており、馬車はびくとも動かなくなっていた。

「冗談じゃないわ。こんなところで立ち往生なんて。それもソレイユさんを乗せているときに、なんて間抜けなことをするの！」

「すみません！　すみません！」

御者は帽子を取ると、何回も頭を下げて謝罪した。

けれどアデリーヌは苛立った様子でさらに御者を詰る。その光景を見ていたソレイユは心が痛くなってしまった。

「アデリーヌ様。そう怒らないでくださいませ」

ソレイユがそう言っても彼女は聞く耳を持たず、扇で御者の頭を何回も叩く。

「助けを呼んできなさい。日が暮れてしまうわ！」

「は、はい」

御者は慌てて、来た道を走って戻っていった。

ソレイユは周囲を見渡した。どうやら馬車が停まってしまったのは、王都の中心から少し外れた場所らしい。

馬車道の片側は森林公園で、もう片側は川になっている。車輪が落ちたのは、氾濫が起きたときに水を逃がすための側溝だったようだ。

しばらくその場で立ちつくしていると、一台の豪奢な馬車が横を通りすぎていき、少しして停まった。中から紳士然とした男性が、ふたり降りてくる。

「どうしたのです？　困りごとですか？」

ひとりは栗色の巻き毛にハシバミ色の瞳。もうひとりはストロベリーブロンドにグレーの瞳で、ふたりとも仕立てのよさそうなジュストコールとトラウザーズを身につけている。

それらは今流行りのデザインで、生地も最高級に見えた。少々派手な色合いだが、美形で所作も優雅な彼らにとても似合っている。おそらく上位貴族の子息だろう。

「馬車の車輪が溝にはまりまして……助けていただけますでしょうか」

アデリーヌが輝く目を彼らに向けて言った。

「御者はどこへ行ったのです？」

「あの役立たずなら、助けを呼びに行っておりますわ」

　アデリーヌがそう答えたとき、ソレイユの気のせいだろうか、男のひとりがニヤリと笑ったような気がした。

「ならば私たちがお送りしましょう」

「でも馬車が……」

　この馬車をそのままにはしておけない。ソレイユが迷いを口にすると、男はくすりと優雅に笑って手を差し出してきた。

「馬車はその御者がなんとかしますよ。さあ、若いお嬢さんがこんな薄暗い場所にいつまでもいては危険です。私たちの馬車で、あなたがたを屋敷までお送りしましょう」

「そうですか？　では、お言葉に甘えて……」

　アデリーヌが嬉しそうな顔で承諾すると、ふたりの男は何やらアイコンタクトする。

　それを見たソレイユは、彼らの素性や家柄が気になった。

「あの……失礼ではございますが、どちらのお屋敷のかたでございますか？」

　男たちは目を細め、ソレイユを凝視した。なぜか急に背筋が凍りつき、嫌な気分になってしまう。

　栗色の髪の男がソレイユの前に立ち、目を細めて見下ろしてくる。

「本当に失礼ですね。助けてあげようというのに」

身元を訊いただけなのに、どうして威嚇されるのだろうか。不安と疑惑が、ますます心の中に広がっていく。

「しかし、どこのどなた様かわかりませんと……」

「私たちは公爵家の人間ですよ。この国において最上位の爵位を持つ身分です。それを知っても疑いますか？」

であればなおのこと、どこの公爵家か名乗るはず。煙に巻くような物言いをするほうがおかしい。

彼らがわずかに見せる不穏さを感じ取ったソレイユは、ちらりとアデリーヌを見た。しかし彼女は、何も疑問に思っていないようだ。それどころか、むっとした面持ちでソレイユを非難してくる。

「ソレイユさん、無礼をお詫びして。親切なかたに対して、なんて失礼なことをおっしゃるの」

「……大変失礼いたしました。申し訳ございません」

そのときソレイユは、男たちの乗っていた馬車の中に、もうひとり誰かがいることに気づいた。

フード付きのコートを頭からすっぽり被り、腕を組んで座っている。

体格からして男性だろう。その人物が尊大に顎をしゃくった。ソレイユにはそれが、なぜか『早くしろ』というサインに見えた。

「ここは危険ですわ。ねえ、ソレイユさん。送っていただきましょう」

ソレイユは、あまりひとを疑ったことはない。おそらくアデリーヌもだろう。しかし今、ソレイユの脳内では警鐘が鳴り響いていた。

「私は……結構です……」

「なんだか、つれない返答ばかりだね」

栗色の髪をした男が呆れたようにそう言うと、場の空気が変わった気がした。その男が、ソレイユを頭から爪先まで舐めるように見てくる。

嫌な気分だ。品定めをされているようで、いたたまれなくなったソレイユは顔を背けた。目線の先には、男たちの華美な馬車がある。見れば見るほど装飾がすごい。

大型四輪のコーチと呼ばれるタイプの馬車で、全体に金箔の塗装が施されている。公爵家の馬車だと言われたら、そうかもしれない。

御者台には御者とフットマンが乗っていて、どちらも見てはいけないものを見るような顔をしていた。つまりは複雑そうな表情ということだ。

馬車の中にはもうひとり男が乗っていたはずだが、今は姿が見えなかった。たった数秒しか目を離していないというのに、どこへ行ったのだろう。

そんなことを思っていると、栗色の巻き毛男が突然ソレイユの肩を掴んできた。ビクリと身体を震わせるソレイユを見て、男は嘲笑じみた笑いを零す。

ソレイユは嫌な予感が当たったような気がして、目の前の男をまじまじと見つめた。豪奢な馬車に乗り、服装も上等な、公爵を名乗る男。彼をパーティやサロンなどで見たことがあるだろうか。脳内で記憶を漁るが、さっぱり思い出せない。

「あの……放して……くださいませ……」

ソレイユが小さな声で言うと、男の目が剣呑に光る。

「冷たいなあ。子猫ちゃん」

「は……い……？」

男の口調が、ねっとりして気持ちの悪いものに変わった。

ソレイユの胸に嫌悪感が湧き上がり、なるべく離れようと一歩後ろに下がる。すると何かが背にトンッと当たった。

振り向くと、いつの間に移動したのか、ストロベリーブロンドの髪をした男が背後に立っていた。

（もしかして、逃げ道を塞がれている？）

「おれたちと遊ぼうよと言っているんだけどね。馬車の中でヤるのが嫌なら、どこか町外れの宿でも探してやるよ」

「なっ……！」

嫌な予感が的中した。この男たちは、親切心から馬車に乗せてくれようとしているのではない。

けれど男たちに気を取られている間に、アデリーヌがさっさと馬車に乗り込もうとしていたので、ソレイユは慌てて声を張り上げた。

「アデリーヌ様！　馬車に乗っては駄目です！　このひとたち……っんぐっ……！」

背後から首に腕が回され、大きな手で口を塞がれる。

アデリーヌがソレイユの異変に気づき、小さい悲鳴をあげた。

ソレイユは渾身の力で、拘束してくる男の手を振りほどく。すると巻き毛の男が、ソレイユの手首を掴んで捻り上げた。

「きゃぁっ……」

「小賢しい女だな。騒ぎ立てるなよ」

ギリギリと腕を捻られ、痛みで身体が軋む。

その光景を目にしたアデリーヌが、慌てて馬車の外に飛び出した。それを、ストロベリーブロンドの男が追おうとする。

意識がそちらに逸れたのか、ソレイユの腕を掴んでいる巻き毛男の力が緩んだ。

その隙を見逃すことなく、ソレイユは男のむこう脛を勢いよく蹴り上げる。

「いっ……てぇっ……！」

男が痛みに耐えかね手を離した瞬間、ソレイユはアデリーヌのほうへ駆け出した。

アデリーヌを追っていた男の背に体当たりすると、もろとも地面に倒れ込む。

「きゃっ……」

倒れた拍子に膝をしたたかに打ちつけてしまい、下肢が痺れて動けなくなる。

アデリーヌを危険な目にあわせないようにと思ったのだが、今度は自分が窮地に追い込まれる羽目になった。

そんなソレイユの横で、ストロベリーブロンドの男が立ち上がりながら苛立ったように叫んだ。

「っ……！　ちゃんと押さえとけよ！　ギィ！」

「名前を呼ぶな！　危険だ！」

栗色の巻き毛の男は、名をギィというらしい。

ソレイユは立ち上がろうとしたが、足に力が入らずガクガクと震えてしゃがみ込んでしまう。

その状態を見た男の大きな手がソレイユの細い肩口をがっしりと掴んだ。

「はっ、放して……！」

「放すかよ。このじゃじゃ馬が！」

苛立ちをぶつけてくる男の向こうに、走り去るアデリーヌが見える。

「アデリーヌ様！」

名を呼ぶと、彼女が一瞬振り向いた。だがすぐに背を向け、ソレイユを置いて逃げていく。

「そんな……」

彼女を助けようと思った。でもソレイユは、彼女に見捨てられてしまった。

さらには慌てた様子で戻ってきたアデリーヌの御者も、ソレイユに目をくれることもなく主の手を取って一緒に駆けていった。

ソレイユだけが男たちのもとに取り残され、助けを求めるように伸びた手がむなしく宙を掻く。

「アデリーヌ……様……」

「あーあ。あっちの子猫ちゃんは逃げちまったか」

「残念。でも好みのタイプが残ったことだし、よしとするか」

男たちは、すっかり紳士の仮面を外していた。言葉使いが乱暴だし、顔つきもニヤニヤしていて気持ち悪い。

「な……何をするつもりですか」

震える声でソレイユは問う。それが彼らの加虐心（かぎゃくしん）を煽（あお）ったのだろうか、男たちの目尻はますます下がり、口角がいやらしく上がった。

「何って、楽しいことだよ」

「お嬢さんひとりで、おれら三人の相手は大変だろうけど、優しくしてあげるからさ」

「なっ!?」

冗談ではない。こんな卑劣な男たちに汚されるなんて絶対にいやだ。

どうにかして逃げられないかと考えていたら、遠くから馬の足音と馬車の車輪の音が聞こえてきた。

男たちの後ろから、ぼんやりしたランタンの光とともに、馬車が一台向かってくるのが見える。

「やばいっ！」

男たちは身を隠そうと、ソレイユから離れて近くの木の陰に逃げ込む。

　ソレイユはなんとか立ち上がり、助けを求めて馬車のほうへ向かった。だが、馬車は道の途中で曲がってしまう。

「ああ……そんな……」

　馬車は、ガラガラガラ……と車輪の音を激しく鳴らして走り去る。

　砂埃（すなぼこり）の中、ソレイユは慄然（りつぜん）として立ちすくんだ。

「残念だったな。子猫ちゃん」

　男たちが背後から近づいてくる。ソレイユはドレスの裾を持ち上げると、一目散（いちもくさん）に駆け出した。

「いいぞ！　追いかけっこだ！　子猫狩りだ！」

　逃げ回って時間を稼いでいれば、アデリーヌが助けを呼んできてくれるかもしれない。さっきの馬車が戻ってくる可能性だってある。

　わずかな希望にすがり、ソレイユは懸命に走った。

　馬車道から逸れて森林公園に入り込み、草木をかき分けて進む。

　すでに日は暮れている。公園は薄暗く鬱蒼（うっそう）としており、遊歩道に出ても誰ひとり助けを求められそうな人物はいなかった。

　それでもソレイユは走る。あの男たちに捕まったら何をされるかわからない。そんな恐怖が彼女を追い立てた。

ソレイユは彼らより足は遅いが、小柄であることを利用して、なるべく背の高い草の生えているほうや、木々が多い場所を選んで走った。それが彼らを苛立たせ、焦らせていくのがわかる。

ソレイユは隠れられそうなところを見つけて地面にうずくまり、なるべく音を立てないようにした。

「子猫ちゃん、出ておいで。あまり逃げ回ると、痛い目にあわせるぞ」

「あのかたが待ちかねているというのに、面倒だな」

近くで男たちが話をしているのが耳に入ってきた。

ソレイユは地面に這いつくばって、そろそろとその場を離れようとする。しかし広がったドレスの裾が枯れ葉を掠め、石ころを転がしてしまった。

「見つけたぞ。悪い子猫ちゃん」

「お兄さんたちが躾をしてあげよう」

ソレイユの目の前にふたりの男が立ちはだかる。彼らの目はギラギラとし、表情は劣情に満ちていた。

ソレイユは、これ以上逃げられないと観念して立ち上がる。だが、このまま大人しく

好きなようにされるのは嫌だった。

「あ、あなたがたは、このような卑劣な真似をして、恥ずかしくないのですか？」

「何？」

「アーガム王国は素晴らしい国です。それなのに、将来その国を背負って立つはずのあなたがたが、女性を襲うような卑劣な真似をするなんて信じられません。どうか考え直してください」

　ソレイユが震える声で訴えると、男たちは一瞬気後れしたような顔を見せた。

だがすぐに気を取り直し、ソレイユを押し倒そうとふたりがかりでのしかかってくる。

「ご高説は以上か？　残念だがおれたちは、誰にも相手にされない不良貴族でね」

「そうそう。家督を継ぐわけでもなければ、取り立ててもらえるほど優秀でもない。日々財産を食い潰し、毎日楽しく暮らすだけのお貴族様さ」

「自分で自分に枷をつけるなんて愚かです。努力する前に諦めるなんて……きゃあっ……！」

「うるせえっ！」

　彼らは顔を真っ赤にして憤怒すると、ソレイユのドレスの胸元を掴み、ビリビリと破いてしまった。

　コルセットからのぞく柔らかい胸の谷間が、鬼畜のような男の眼下に晒される。

　男たちのギラギラしたいやらしい目が、ソレイユの身体を粘着質に舐め回した。

「いやっ！　いやぁっ……」

「偉そうな口を叩いたお仕置きだ！」

「いいねえ、おれたちが調教してやろう」

　男の湿った手が、ソレイユの身体をまさぐり始める。気持ち悪くて、今にも嘔吐しそうだ。

（いやっ……いやっ……誰か……！）

　服をはぎ取られ、四肢を押さえられ、身動きが取れない状況に追い込まれた、そのとき――

「貴様ら、そこをどけ！」

　低く恫喝するような鋭い声に、男たちの手がビクッと震えた。

　そして次の瞬間、ふたりの男は勢いよくソレイユから引き剥がされ、数メートル向こうの地面に転がされる。

「うわっ！」

「だ、誰だ！」

ヨロヨロと首だけを持ち上げて窺うと、ソレイユを庇うように背を向けて誰かが立っている。

（だ、誰……？　助かった……の……？）

涙でぼやけた眼に映ったのは、長躯で筋肉質、短い銀髪に広い肩の男性。

月明かりだけではあまりよく見えなかったが、彼が横を向いたとき、高い鼻梁と鋭い目だけが立ち襟越しに窺えた。

その彼が、張りのある低い声で男たちを怒鳴りつける。

「この痴れ者どもが！　恥を知れ！　嫌がる女を強引に手籠めにしようとするとは、男の風上にも置けん！」

その雄々しい声を最後に、ソレイユの恐怖と緊張の糸はプッツリと切れ、意識を失ってしまった――

第二章　冷酷無比な独裁王エルネスト

目が覚めたとき、ソレイユはベッドの中だった。

「ここは……自分の部屋？　頭が……痛い……」

見慣れたベッドの天蓋、肌なじみのいいリネン。お気に入りのクッションに、風に揺れるレースのスリーピングカーテン。

いつもの目覚めとなんら変わりないはずが、なぜか起き上がれないほど頭が痛かった。

痛いのは頭だけではない。身体中がギシギシと軋んでいる。

しばらくぼんやりしていると、傍らで部屋の掃除をしていたメイドが、慌てて父母を呼びに行った。その間も、意識が眠りと覚醒の間を行ったり来たりしてしまう。

（おかしい……身体が……動かない……）

しばらくすると、パタパタと慌ただしい足音が聞こえてきた。

「ソレイユ。どうだね、気分は」

「ソレイユ！　目が覚めたのね！」

父は一見冷静そうだが、髪は乱れて無精ひげも生えており、憔悴したように見えた。

母はボロボロと涙を零し、ベッドに顔をうつ伏せて泣き出してしまう。

なぜこんなにも感情的なのだろうと不思議に思っていたら、父が状況を説明してくれた。

「――私、二日間も……寝ていたの？」

「そうだよ。ああ……目が覚めてよかった。早速で悪いが、一体何があったのか話せるかね？」

父の問いに、ソレイユは記憶を探ってみる。そこでやっと、自分が男たちに襲われかけたことを思い出した。

一見紳士然とした、ふたりの男。ひとりは栗色の巻き毛にハシバミ色の目、もうひとりはストロベリーブロンドにグレーの目。

その男たちに追われ、捕まり、襲われた。ドレスを破られ、四肢を押さえ込まれ……と彼らの蛮行が脳裏に浮かび上がった瞬間、ソレイユの全身が痙攣を起こしたようにブルブルと震え出してしまう。

「ああ……！　い、いやっ！　怖いっ……来ないで、怖い！」

「ソレイユ!?」

「ソレイユ！　誰か医者を呼んできて！」

その両親の叫びを最後にソレイユは再び意識を失い、高熱でうなされたり、昏睡状態になったりを繰り返した。

医者からは、精神的なショックで心が病んでしまったという診断を受けた。

しばらくは安静に過ごし、刺激的なことを遠ざけ、ストレスを和らげるようにとのことだ。

やがて精神が落ち着き、父母にぽつりぽつりと状況を説明できるまで回復したときには、事件から一週間も経過していた。

話を聞いた父は、事件性があるとして水面下で調査を始めた。

まず行ったのは、アデリーヌと彼女の父親である侯爵に、事件について詳しく訊くこと。

しかし彼らは口を噤んだ。それどころか、そのような事件はなかったとまで言い張るのである。

子女が悪漢に襲われたことが広まると、身を汚されていなくても必ず世間は疑う。

アデリーヌは公爵家との結婚を目前に控えていると口にしていた。だから事件自体をなかったことにしたいのだろう。

だがソレイユは違う。危機一髪で逃れたとはいえ、あわや傷ものにされるところだったのだ。あんな根性の腐った連中、ちゃんと法律で罰してほしい。

ところが結局、父も犯人捜しを諦めた。

襲ってきた男たちの身なりがよいこと。装飾の派手な金箔の馬車に乗っていたこと。そして父が金銭をかけて調査したにもかかわらず、さっぱり手がかりが見つからないということが理由だ。

「誰も口を割ろうとしないということは、おそらくかなりの上位貴族……公爵家や大臣あたりの家のものかもしれん。これ以上、深追いはしないほうがいい」

気の強い母も、今回ばかりは父の意見に同調した。

「そうですわね。報復されるほうが怖いわ。ソレイユも無事ですし、この事件はなかったことにしましょう。これ以上動いて、傷ものにされたと噂されても困るもの」

「でも……あんな連中を放置するなんて……」

ソレイユが言うと、父は苦虫を噛み潰したような顔をした。

「金を使ってもあぶり出せないということは、権力に守られているということだ。容易には手を出せない相手かもしれないよ」

ソレイユはなおも犯人探しを懸命に訴えたが、今後ひとりで外出しないよう注意されるだけだった。

あの夜ソレイユを屋敷まで送るはずだった御者は、馬車の車軸が壊れていたことについて、ソレイユと父母に何回も謝罪した。責任をとって、この仕事を辞めるとまで言い出した。

けれどソレイユは御者に責任があるとは思えず、彼を咎めないでほしいと父にお願いした。父はそれを受け入れ、彼に罰を与えないことにしてくれた。

「それで、助けてくれたひとの顔を覚えているかい？　ソレイユ」

父に問われて、あの夜の救世主のことを思い出す。

彼が一喝すると、ふたりの男はおどおどして動けなくなった。一度にふたりの男を投げ飛ばすだけの腕力といい、威圧感たっぷりの鋭い雰囲気といい、ただものとは思えない。

『この痴れ者どもが！　恥を知れ！　嫌がる女を強引に手籠めにしようとするとは、男の風上にも置けん！』

低くて力強くて、高潔な声だった。おそらく正義感の強い男性なのだろう。

パーティを主催した公爵家に父が聞いたところによれば、あの夜、背の高い男が気絶したソレイユを抱えて運んできたとのこと。

だが男はマントを身体にしっかりと巻きつけ、フードを目深に被っていたので、応対した執事もメイドも顔をはっきり見ていないという。

ドレスはビリビリで髪もグシャグシャというソレイユの姿に、公爵家のひとびとは慌てた。急いで両親に連絡しようとしている間に、男は消えていたそうだ。

「誰もはっきり顔を見ていないらしいから、見つけるのは困難だろうな」

父はそう言ってため息をついた。

（もしお会いできるなら、きちんとしたお礼をしたいわ。私を救ってくださった救世主様……）

そんな思いから、ソレイユは父に彼を探してほしいと頼んでいた。だが、どんなに優秀な探偵に調べさせても救世主の正体はわからなかったという。

つまり今回の事件に関わった主要な人物が、すべて見つからないのである。

「ソレイユが運ばれた先の公爵家にも、この件は内密にしてもらうよう口止めしておいた。不必要に藪(やぶ)を突く必要はない。すべて忘れなさい。ソレイユのためにもアデリーヌ嬢のためにも、この事件はなかったことにするのが正しい。私も不本意だが仕方がない」

「そんな……」

ソレイユが納得しようがしまいがお構いなしに、周囲は事件の存在を抹消しようとした。

今もどこかで、女性を襲うような男たちが堂々と歩いているのだと思うと、くやしさで胸がいっぱいになる。

その事実が、ソレイユを決心させた。

「……自分の身は自分で守らなきゃいけないわ。二度とあんな恐ろしい目にあいたくない」

§　§　§

そして三年後——

十八歳になったソレイユは、すっかり社交界とは縁遠い生活を送っている。

以前のソレイユは、華やかな場所や楽しいことに憧れていた普通の少女だった。

ダンスパーティやサロン、オペラ観劇に夜会。誘われたらどこへでも行ったし、どれも楽しかった。

けれど今は違う。ダンスやおしゃべりなんて、ソレイユの身を守らない。有事の際、なんの役にも立たないのだ。

華やかな場に出ることのなくなったソレイユは、普段の格好も激変した。

令嬢らしいドレスは飾り気のない白いシャツと細身のスラックスに。細かな装飾が施されたヒールは、走りやすい編み上げのブーツに。

そして鼻の上には、黒ぶちの伊達メガネ。

艶やかな金髪も邪魔だから肩あたりまで切りたかったが、母に泣かれて諦めた。

刺繍や編み物、詩を書いたり読んだりといった、貴族の令嬢が好んでやるようなことは一切やらなくなった。代わりに始めたのが武術と勉学だ。

ソレイユは両親に頼み込み、剣術と護身術、経営学の家庭教師を雇ってもらった。

「二度と卑劣な男たちに騙されたり、襲われたりしたくない。何かあっても、自分の力で撃退できるようにしたいの」

ソレイユの決意を聞いた両親は、当然いい顔をしなかった。

腕に覚えのある護衛を雇うと言ったが、ソレイユはそれを断固として拒否した。自分自身が強くならねば意味がない。

そう父母を説き伏せ、剣の講師は十年前に軍を退役した老齢の男性に依頼。護身術の講師は女性で、わざわざ外国から珍しい武術の達人を雇った。

父が持ってくる縁談はすべて断り、ソレイユは鍛錬と勉強の日々を過ごしている。

なぜ、そのようなことになっているかというと――

「若い男のひとは嫌。近くに来てほしくないの」

ソレイユは、すっかり男性不信に陥っていた。そのため男性からいやらしい目で見られないよう、女性的なことを一切排除する生活を送っているのである。

だが両親はなかなか諦めてくれない。

「行き遅れてしまうじゃないの！　せめてどこかのサロンにだけでも出席してくれないかしら？　なんだったら知り合いの公爵夫人に頼んで、結婚相手を探してもらってもいいのよ」

今日もリビングでゆっくり紅茶を飲んでいたら、父母が揃って現れた。母はいつものようにソレイユの顔を見るなり、結婚話を持ちかけてくる。

「私は結婚なんてしません。一生独身でいます。跡継ぎならばアンリがいるから、構わないでしょう？」

アンリは六歳になったばかりの弟だ。だが姉から見てもなかなか利発そうで、将来が楽しみな少年である。

しかし母は、その答えにまったく納得してくれない。

「そういうことを言っているのではないのよ。このまま男性と結婚どころか、お付き合いもしないつもりなの？」

「ええ。お父様以外の男性は嫌いですもの」

いつもならここまで言えばある程度引いてくれるのに、ソレイユが先日十八歳の誕生日を迎えたからだろうか、今日の母はしつこかった。

「じゃあ、ソレイユ。あなた、お父様に似た男性を探してくれれば結婚するの？」

「そういうわけでは……まあ、百歩譲ってお父様みたいな男性なら考えてもいいです」

面倒くさくなってそう返すと、傍（かたわ）らで黙っていた父が、恥ずかしそうな顔で咳ばらいをした。

「ううむ……これがよく聞くファザコンというものかね」

話を早く切り上げたくて言ったことなのに、父が勘違いして照れている。

「あなた！　冗談を言っている場合ですか！　ソレイユの将来がどうなってもいいの？」

しまいには母が父に向かって怒り出すから、ソレイユは自分の意見をはっきりと言うことにした。

「お母様。これでもいろいろ考えているんです。世間体が悪くなるのは申し訳ないですからね。私なりに、できることをやろうと思っておりますわ。お父様の仕事のお手伝いとか、アンリが家督を継いだときの補佐とか。そのために経営学と政治学を学んでおりますから、どうかご安心ください」

「安心って……」

「そうか。私の仕事の手伝いを……それもいいかもしれん」

母が絶句する一方、父は目尻を下げて喜んでいる。すると母がすごい剣幕で父にまくしたてた。

「あなた！　何を喜んでいるのですか！　ソレイユが行き遅れてしまうのですよ！」

「いやぁ。大切なソレイユが私のそばで一緒に仕事してくれるとは、嬉しい限りだねえ」

悠長に紅茶を飲む父に、母が怒り心頭といった様子で詰め寄る。

「何を呑気なことを言っているのです！　女性が経営だの政治だのに出しゃばるものではありません！　そんなの聞いたことがないわ。あり得ませんよ！」

母が目を吊り上げて喚いているが、父は嬉しそうに微笑むだけだ。

「経営学も政治学も、学べば学ぶほど面白いです。勉強も剣も私の人生に必要ですが、男性はそうでもありませんよ」

女としてあり得ようがあり得なかろうが、そんなの気にしてなんかいられない。自分は自分。女だからこれをすべきとか、これをしてはいけないなんて決めて、自分を狭い枠に押し込めたくはない。

ところが今日の母は、やけにしつこかった。

「ソレイユ。明日こそは採寸の時間を取ってもらいますからね」

「これ以上服はいらないと言ったじゃないですか。シャツは五枚、スラックスは三枚あります。洗い替えを含めたとしてもじゅうぶんです」

「何がシャツとスラックスですか！　ドレスですよ、ドレス！」

「ドレス？　必要ありません。そんなものは着ませんから」

「駄目よ。ソレイユ。デビュタントパーティへの招待状が届いているの」

「デビュタントパーティ？」

「そうよ。十八歳になった貴族の子息子女は、すべて王家主催のデビュタントパーティに出るようにと勅令が出ているの」

「勅令？　デビュタントパーティごときで勅令なんてあるのですか？」

「あるものはあるのよ。国王陛下が三年前にお決めになったの。逆らったらどうなるか……」

「国王陛下……エルネスト陛下ですか？」

「そう。あなたも十八歳になったのだから、一か月後のデビュタントパーティに出席しないといけないわ」

「嫌です」

ソレイユは即座に断った。すると眩暈がしたのか、母がフラフラとソファにもたれかかる。

「なんてことなの……デビュタントパーティにも出ないつもり……?」

「ええ。意味ないですから」

母はソファの肘掛けに顔を埋めると、わざとらしい調子でさめざめと泣き出す。

「あなたは、国王陛下のことをよく知らないから……」

「知っております。冷酷無比な独裁王と噂される、エルネスト陛下でしょう?」

アーガム王国の現国王エルネストの噂なら、ソレイユも知っている。

五年前。前国王が病で崩御し、その長男であり第一王位継承者でもあったエルネストが二十七歳という若さで王位に就いた。

彼が王座に腰を据えるなり行ったひとつ目の政策は、元老院の解体であった。

国王に政治について助言を与える機関である元老院は、元大臣など有力者の一族で構成されていた。

若き国王エルネストは、自分の理想とする政治に彼らは邪魔だとばかりに、有無を言わさず解体してしまったのである。

それにより一部の上位貴族に遺恨を持たれたが、当人はまったく気にしていないという。

これだけ聞くと、なかなか豪胆な人物に思える。ところがエルネストは、豪胆を通り越し、少々やりすぎる傾向にあった。

それまで王家に尽くしてきた上位貴族を、多少の失態を理由に更迭してしまうとか。わざわざ地方都市から土産を持って来城した使者を、陳情の内容が気に入らないという理由だけで罰してしまうとか。

そんな悪い噂が、社交界とは距離を置いているソレイユの耳にも入ってくる。ついたあだ名が、冷酷無比な独裁王。国内のみならず、近隣諸国にもその名は広まっていた。

噂はそれだけではない。彼の傍若無人さは、別の分野でも表れているという。政治に精力的な男は夜も精力的らしく、女性との醜聞が絶えない。

毎夜女性をとっかえひっかえして寝所に呼び込み、数々の浮き名を流している。女にだらしなく常軌を逸したスケベで、夜の王として君臨できるほどの精力が自慢だとか。

つまりどの角度から見ても、傲慢なエゴイストではないか。結論として、ソレイユの最も嫌う人種だといえる。

世間に流れるエルネストの噂を耳にしただけで、三年前の男たちを思い出して寒気がする。

親の権力を振りかざす苦労知らずの若い男なんて、一皮剥けばみんなケダモノ。

そんな男……いやクズ野郎が出席しろと命じてくるデビュタントパーティなんて、絶対に出たくない。

「出なかったからといってどうなるものでもないでしょう。時間の無駄です。そんな暇があったら剣の稽古をするか、本の一冊でも読んだほうが有益です」

そう主張したソレイユに、負けじと母も言い返してくる。

「いいえ。勅令は絶対よ。デビュタントパーティに出席しないものは制裁を与えられるとのことなの」

「はあ？」

こんなつまらないことで制裁？　我が国の国王はなんとくだらない男なのか。

「デビュタントパーティに出ないくらいでバカバカしい」

「国王陛下に対しバカだなんて不敬ですよ。ソレイユ」

不敬も何も、別に本人の前で言っているわけではない。

十八歳の若者をひとり残らず集めて、国王陛下は何をしたいというのだろう。

「それで？　その制裁とやらの内容を詳しく教えてください」

母はソファに座り直すと、神妙な顔で語り出した。

「ソレイユ、あなたは国王陛下が花嫁を探しているという話を知っているかしら」

「ええ。少しだけ」

エルネストは御年三十二。遊ぶ女性はたくさんいるようだが、結婚はしていない。

……と考えたところで、嫌なことに気がついてしまった。

ドエロで精力的な国王エルネスト。三十二歳の男盛りで、ただ今花嫁募集中。つまり……

「デビュタントパーティで花嫁を探すつもりということ？」

「そう。だから十八歳になった娘は、全員デビュタントパーティに出席するよう命令なさったそうなのよ。我がモンターニュ家だけ命令に背いたらどうなるか……」

いくらなんでも権力を乱用しすぎてはいないか。

「ちょっと考えられないんですけど。なんですか、我が国の国王は、それほどまでに若い娘がお好きなのですか」

母が両手を組み、祈るような目でソレイユを見返してくる。

「若い娘がお好きなのか、それとも運命の相手を探し続けていらっしゃるのかはわからないわ。ともかくデビュタントパーティには出てちょうだい。モンターニュ家存続のために、国王陛下のご命令に従うの。お願いよ」

「しかし……」

「これ一回限りでいいの。今後一切そのような場に出なくても構わないわ」

母にそこまで言われたら了承せざるを得ない。ソレイユもモンターニュ家が制裁を受けるのは嫌だ。

「本当にこれっきりですよ。最初で最後ですよ？」

母はすがるような目をして、何回も頷いた。

「ええ。それでいいわ」

「仕方ないですね、まったく」

デビュタントパーティといっても、ダンスパーティに毛が生えた程度のものだろう。地味なドレスに、化粧っ気もほとんどない状態で大人しく壁の花になり……いや、こうなったら最初から壁のほうを向いていればよい。

誰にも見られないよう注意し、どこかのタイミングでこっそりとパーティを抜け出す。それでも一応はデビュタントパーティに出たことになる。

……などと考えていたら、母がソレイユの思惑とは反対のことを言い出した。

「そうと決まれば、早速ドレスをオーダーしないといけないわね」

「ドレスをオーダー？」

「ソレイユにとって久しぶりの華やかな場ですもの。とびきり美しく装わなければならないわ」

「いえいえ、お母様。そこまでは……」

母は興奮した面持ちで立ち上がると、途中から蚊帳の外にいた父に満面の笑みを向けた。

「あなた！　ソレイユがデビュタントパーティに出ると決意してくれたわ」

「それはそれで楽しみだねえ」

「ねえねえ、あなた。王都で一番人気のデザイナーにドレスを頼みましょうよ。ああ、楽しみだわ。素敵な殿方がソレイユを見初めてくださるかもしれないもの」

母の都合のよい考えに、ソレイユは笑うしかない。

「そんな奇特な男性がいるわけないじゃない」

「そうとも限らないわ。ソレイユは私たちの自慢の娘。装ったら美しくなるに違いないもの。これはいいチャンスよ」

なんだか嵌められたような気がしないでもないが、いったん約束した以上撤回もできない。

「仕方ない。今回だけは諦めるか」

はしゃぐ母を横目に、ソレイユはティーカップをテーブルに戻すとソファから立ち上がった。

これ以上ここにいたら、次は宝石だの髪型だのうるさく言ってくる。面倒なことになる前に、ソレイユはリビングを出ていくことにした。

§　§　§

デビュタントパーティ当日。

ソレイユは洗練された白いドレスに身を包み、どこからどう見ても完璧な淑女に仕上がっていた。

ドレスの首周りはレースのチョーカーを巻いているようなデザインになっていて、生地がドレープ状に胸下まで流れている。

背中は大きく開いていて、腰にかけてほっそりとくびれたソレイユの後ろ姿がとても引き立つ。

さらに、その細いウエストを強調するように、金糸で繊細な模様を描いたサッシュベルトを巻く。

ドレスの裾は広がりすぎず下方へ流れ、まるで百合の花のように見えた。

メイドに促されドレッサーの前に腰をかける。肩にケープをかけられ、メイド三人がかりで髪を結われた。

大きな三つ編みにレースリボンを編み込み、うなじあたりでクルクルと巻きつけピンで留める。

右耳の上に生花を飾り、反対側は髪が落ちないよう真珠の髪留めで固定した。

最後に白いシルクサテンのパンプスを履いて、真珠とサファイアを縫いつけたショールで筋肉質な肩と二の腕を隠せば、楚々とした令嬢のできあがり。

ソレイユの立ち姿を見て父は唖然とし、母は目を潤ませ、メイドたちはやりきったという表情を浮かべていた。

「想像以上に素晴らしいね」

父がそう呟くと、母がすかさず口を開く。

「何を言っているんですか。私たちの娘ですもの。装えばそれなりになるのは当然です」

ソレイユとて、普段男装に近い服装をしていても、心まで男になったわけではない。

褒められたらそれなりに嬉しく、面はゆい気持ちになってしまう。

「では、お母様。行ってまいります」

「気をつけてね」

ソレイユは父とともに馬車に乗り込むと、王城へ出発した。

馬車の中で、父が心配そうに声をかけてくる。

「ソレイユ。本当に私がエスコート役でよかったのかね。知り合いの息子さんに頼んだほうがよかったのではないか？」

「いいえ。私はお父様がいいの。ほかのひとでは嫌」

「ソレイユがいいなら構わんのだが……もしダンスに誘われたら、ファザコンであることがばれないようすぐに応じなさい」

「私は誰とも踊りません。それにファザコンでもないです」

きっぱりそう返すと、父の眉毛が悲しそうに下がった。

デビュタントパーティは、アーガム王城の大広間にて開催される。男性はひとりでの参加を認められているが、女性はそうもいかなかった。

恋人がいる女性はいいけれど、いない場合は男友達に頼むことになる。気楽に頼める男友達がいない女性は、兄や弟に頼む。一番選択したくないのは言うまでもない。父親に頼むという方法だ。

父親同伴の令嬢は異性に対して奥手か、もしくは父親が過保護な場合が多い。そのため、大概が壁の花となってしまう。

誰かがダンスを申し込もうとしても、父親の値踏みするような視線が妨げとなり、結果誰も踊ってくれないというのが常だ。

そのような事態にならないためにも、たいていの女性は十八歳になる前から社交界に出入りして、デビュタントパーティのエスコート相手を見つけるのだ。

しかしソレイユは、父親同伴でまったく問題なし。若い男性と身体をくっつけてダンスするなんて、冗談ではない。

「それでもだね、ダンスタイムになったら誘われることもあるだろう。断るのは相手に失礼だ。そのときは私に気を遣うことなく踊ってきなさい。なんだったら私はダンスホールの外にいるから」

「何をおっしゃるのです、お父様。近くにいてください」

「そうかい。やはりソレイユは、ファザコンなのかねえ。いやいや、喜んではいられないのだけどね。そのせいでソレイユが行き遅れたら困るから」

ファザコンじゃないと言っているのに。照れる父から目を逸らし、ソレイユは窓の外を見た。

車窓から見える空は、オレンジがかった濃紺色。まもなく日が暮れ、舞踏会の夜が始まる。

門をくぐって広い庭を抜けると、馬車停めに到着した。御者の手を借りて、馬車から降りる。

王城のエントランスは驚くほど大きい。人間が横に十人並んでもそのまま通れそうだ。

ソレイユは父のエスコートでエントランスをくぐり、長い通路を歩いていく。

さすが王城。廊下も貴賓室並みにゴージャスだ。窓は精巧なステンドグラス、壁には高名な画家の絵画。高いアーチ形の天井にも、絵画が描かれている。天井から吊り下がっているクリスタルのシャンデリアも、ものすごく大きい。

あちこちを見回しながら、廊下を父と一緒に歩く。

顔の広い父は、大広間のダンスホールに足を踏み入れると、すぐに声をかけられた。

「モンターニュ子爵ではないですか。珍しいですね。後ろのお嬢様は、もしや……」

着飾った女性を連れた三十代くらいの男性が、まじまじとソレイユを見てきた。

ソレイユは父の陰に隠れながらも、みっともない姿勢にならないよう、背筋をピンと張る。

「こちらは娘のソレイユです」

父は照れ笑いして、ソレイユに挨拶を促してきた。

ソレイユは一歩前に出ると、ドレスの両端を摘まんで腰をかがめる。

「初めまして。ソレイユ・モンターニュと申します。どうぞ、よしなに」

「モンターニュ子爵のお嬢様ですか。なんと……」

男性の上擦（うわず）った声を聞いて、父がソレイユを庇（かば）うように話を引き継ぐ。

「何しろ引っ込み思案なもので、あまり屋敷から出ないのですよ。ひと付き合いが苦手なせいで、デビュタントパーティの同伴者も父親である私くらいしかおりません」

その言葉を聞いているのかいないのか、男性は興奮した様子で大きな声を出した。

「いやはや、なんとお美しい。お目にかかれて光栄ですよ！」

男の大袈裟（おおげさ）なお世辞を聞きつけた連中が、わらわらとソレイユの周囲に集まってくる。

「滅多に人前に現れないモンターニュ子爵令嬢だって？」

「これは一度お顔を拝見したいものだ」

あっという間に、周囲に人だかりができてしまう。

まずい事態になってしまった。目立たぬようにするつもりが、ちょっとした騒ぎになっている。

（ううっ……あまり間近で凝視してきたり、いろいろ話しかけたりしないでほしい）

張りぼての淑女(しゅくじょ)であることが露呈するのではないかと、心臓がドキドキする。

しかし、周囲の反応は思っていたものと違っていた。

「ソレイユ嬢。どうかファーストダンスを、私と踊っていただけませんでしょうか」

ひとりの男性がそう言って手を差し出してきたかと思えば、別の男が突然ぬっとソレイユの前に現れる。

「抜け駆けは感心しないなあ。それに君はエスコートしている女性が別にいるだろう。ソレイユ嬢。私のエスコート相手は妹なのです。だから気兼ねなく最初のダンスを……」

「君！　横入りしないでくれたまえ」

ソレイユが目を大きく見開いて棒立ちになっていると、ほかの男たちも次々と手を差し出し、ダンスダンスと喚(わめ)き始めた。

こんな大人数を相手にしたら取り繕(つくろ)うのも大変だし、きっとどこかでボロが出る。ここはとりあえず『ファーストダンスは父と踊るから』と断ったほうがよい。

そう考えたのだが――

「あら？」

気がつくと、父の姿が見えなくなっていた。先ほどまで隣にいたというのに、どこへ行ったというのだろう。

「お、お父様……？」

きょろきょろと周囲を見回すと、ひとりの男性が教えてくれた。

「モンターニュ子爵なら、ぼくたちにダンスを順番に踊ってやってくれと頼んで、どこかへ行ってしまったよ」

「そんな……」

社交界からすっかり遠ざかっていたソレイユが、こんな大人数の相手をうまくできるわけがない。

娘はファザコンだと言って喜ぶような父なら、そこのところ、もう少し考えてほしかった。

「ソレイユ嬢。いかがしましたか？　ファーストダンスの相手はお決めになられましたか？」

「い、いえ……」

男たちの迫力に押され、一歩一歩後ろに下がる。けれど背中に壁が当たり、これ以上逃げ場がないところまで追い込まれた。

ソレイユの男嫌いの原因は身なりのいい貴族の男に襲われたこと。つまり、目の前の連中そのものが苦手ということになる。

意識せず、三年前の暴漢と彼らの姿を重ねてしまった。

「あっ……」

心臓が急にバクバクと脈打ち始める。全身の血流が激しくなり、顔が真っ赤になるのが自分でもわかった。

頬を紅潮させて狼狽える姿が、男たちには可憐で慎ましやかに見えるのだと気づかないまま、ソレイユは震える唇で何かを言おうとした。

「あ……の……」

声が掠れて響かない。頭の中がパニックになり、もうどうしていいのか判断できなくなる。

この場から逃げ出したくなったとき、音楽隊の金管楽器がファンファーレを奏でた。

軽やかな音楽に、みなそちらへと視線を向ける。

その隙を突いて、ソレイユは男たちの間をするりと抜け出した。大広間から熱気の少ない廊下へと出る。

しばらくすると動悸がおさまり、気持ちも落ち着いてきた。

「ふう……」

軽快な三拍子の音楽が聞こえてくる。どうやらファーストダンスが始まったようだが、ソレイユはもうダンスホールに戻る気はなかった。

（駄目ね……私ったら。三年前のトラウマを、まったく克服できていないんだもの）

そうはいっても、ひとりでどうやって克服したらいいのかわからないし、かといって医者にかかるのも嫌だった。

できれば三年前のあの事件ごと脳裏から消し去りたいのに、若い男が近くに来るだけで思い出してしまう。

「どうしましょう……もう帰りたいわ」

ほんの数分とはいえ、デビュタントパーティに出たことだし、目的は果たしているはずだ。

父を探そうと長い廊下を歩き、きょろきょろと周囲を見回す。あちこち探していると、父の姿をシガールームで見つけることができた。

子息子女の付き添いとして登城したが、すっかり暇を持て余している……そんな男性たちの吸う煙草（たばこ）の白い煙がシガールームには充満していた。

父は仕事の話をしているようで、煙草（たばこ）を燻（くゆ）らし、ワインを傾けながらも真面目な顔でほかの男性と語らっている。帰ろうとは言い出しづらい雰囲気を感じ、ソレイユはどこかで時間を潰そうかと考えた。それにあまり父にくっついてばかりでは、本当にファザコンみたいで恥ずかしくなる。

そこでソレイユは、そのままひとり王城の庭へと出てみた。初めての王城で緊張しっぱなしだったが、ここに来てやっと肩の力が抜ける。

「ふう……少し夜風にあたろう……」

さすが王城の庭園。あまりに造りが見事で、思わず見惚れてしまう。

「すごく綺麗だわ」

夜だからか、庭園のいたるところにランタンが灯されている。ゆらゆら揺れるオレンジの光が闇を照らすさまは幻想的だ。

ソレイユは薔薇のアーチの下を、ランタンの灯りに沿って歩いていく。

足元には名前を知らない可愛い花がたくさん咲いており、いつの間にか薔薇のアーチは赤からピンク色に変わっていた。

途中に木製のベンチがあったので、そっと腰をかける。父の仕事の話が終わるまで、ここで時間を潰そう。

そうやってしばらく過ごしていたら、ガサガサと草木の動く音と、誰かのしゃっくりが聞こえてきた。

「ヒック、おや。先客がいましたか。どうか……ヒック、私にお構いなく」

赤ら顔の男がひとり、フラフラと千鳥足で近づいてくると、ドシンッと隣に勢いよく腰かけた。きついアルコール臭が鼻をつき、ソレイユは思わず顔をしかめて立ち上がる。

「私は失礼いたします。どうぞ、ごゆっくり」

「つれないですねえ。ちょっと一緒にお話でもしましょうよ」

男は、テイルコートと白い蝶ネクタイ姿。ということはデビュタントパーティの参加者だと思うが、なぜこんなに酔っ払っているのだろう。

「結構です……あっ……」

突然手首を取られ、酒臭い男の胸に引き寄せられる。ソレイユの背筋が怖気で凍りついた。

「放して！　ちょっ……やっ……」

「まあまあ。そう言わず。ヒック……どちらのご令嬢かは知りませんが、どうせあぶれた身でしょう？　相手のいない者同士、仲良くしましょうよ」

男がぬっと、赤ら顔を近づけてきた。

吐く息がものすごく酒臭い。我慢の限界に達し、ソレイユは男の膝を爪先で蹴り上げた。

「うわっ！　痛ぇ……！」

男が悲痛な声を上げると同時に、腕の力が緩んだ。その一瞬の隙を逃すことなく、ソレイユは男の腕からすり抜け、ベンチから距離を取る。

男は赤い顔をさらに赤くし、ソレイユを追いかけようと腰を浮かせた。

「こ、このっ！　女のくせに！」

女だからといって、甘く見ないでもらいたい。

だが騒ぎを起こせば目立ってしまうので、この場から走って逃げることにした。ここ数年鍛えていたソレイユが、酔っ払いのもたつく足に追いつかれるわけがない。

ところが、走っても走ってもすぐ背後に酔っ払いの男が迫ってくる。久しぶりに着たドレスが足の動きを邪魔して思うように走れない。

そんなこんなで酔っ払いをうまくかわすこともできず、ソレイユは再び捕まりそうになっていた。

そのとき突然、薔薇（ばら）のアーチの隙間から伸びてきた大きな手が、ソレイユの手首を掴（つか）んだ。

「はっ……？」

あまりに唐突で、驚くことしかできない。

その手は俊敏な動きでソレイユの華奢（きゃしゃ）な身体を絡めとると、そのまま胸の中に抱き寄せた。

それと同時に、低い男の声が酔っ払いを威嚇する。

「この娘は私の連れだ。悪いが逢瀬を邪魔しないでもらおう」

面食らった様子の酔っ払いが、酒臭い息を吐きながら男に向かって言い返した。

「はあ？　逢瀬だって？　ヒック……その女はひとりっきりで退屈そうにしていたぞ？　嘘をつくなよ」

身を強張らせるソレイユを、男がしっかりと抱きしめる。

そっと見上げてみるが、マントのフードを深く被っていて顔は窺えなかった。しっかりとした男らしい顎のラインが見えるだけだ。

男は形のいい唇の端を上げると、余裕の笑みを見せる。

「彼女は男の気を引くのが得意でね。ここに隠れて私に探させていたのだよ」

庇ってくれているとはわかっているが、男の気を引くという言葉に思わず反論してしまう。

「冗談じゃ……んっ……」

男の大きな手のひらが、ソレイユの唇を封じた。

その行為を怪しく思ったのか、酔っ払いはニヤニヤと厭味ったらしい顔をした。

「嫌がっているように見えるがねえ。ヒック……本当に逢瀬か？　嘘をつくなら近衛兵を呼ぶぞ？」

酒の勢いに任せてソレイユに絡んできたくせに、何が近衛兵だ。

とはいえ騒ぎになるのは困る。どうしたものかと悩んでいると、ソレイユを抱きしめる男の手に力がこもった。

フードが揺れ、その隙間からエメラルドのように輝く目がのぞく。それを見たソレイユの心臓がドクンと跳ねた。

なんという美しさ。心が奪われそうなほど力強く、妖しくきらめいている。

呆然とするソレイユに向かって、男はそっと囁いた。

「ここは恋人同士のふりをするんだ」

そう言って男は手を離した。かと思うと、その手はソレイユの首筋にそっと添えられ、秀麗な顔が目の前に近づいてくる。彼はそのまま少しだけ顔を逸らし、唇がソレイユの頬に触れる寸前で止めた。

「んんっ⁉」

一見するとキスをしているような体勢になり、ソレイユは驚いて固まってしまう。

彼は再びソレイユを腕の中に抱き、酔っ払いに向かって問いかけた。

「どうだ？　これでも疑うのか？」

「そ、そんな子供騙しで……」

酔っ払いは納得していないとばかりに、首を左右に振った。

ソレイユはもうパニックだ。一体何が起こっているのかわからない。

男と抱き合うなんて、ましてやあんなに顔を近づけられるなんて、かなりの衝撃だった。

「は、放して……やっ……」

とっさに抵抗しようとするが、男はすぐさま耳元で囁いてくる。

「静かにしなさい。そなたを助けようとしているのだから」

「た、助ける……？」

「騒ぎを大きくせずに、あの男から逃れたいのだろう？　私が手助けをしてやる」

「どうして……」

考えを見抜かれていたことに驚き、ソレイユは目を見開く。

「大声を出せば誰かが助けに来るのに、そなたはそうしなかった。事を大きくしたくなかったからだと推測した」

そう言った男の銀髪が、ソレイユの頬をさらりと掠めた。月光を集めて紡いだような髪に、ドクンと心臓が跳ねる。

男の髪からはいい香りがした。オレンジやライム、レモンなど柑橘系の香りに、ベルガモットを混ぜたような香り。優しく気品があり、同時に雄々(おお)しさもある。そんな芳香(ほうこう)だった。

「さあ。そなたも私の身体に手を回すのだ。早くあの男を追い払いたいだろう？」

低い声に誘導されるように、そろそろと彼の背に腕を回す。そばからは、抱き合う恋人同士のように見えるだろう。

「……なんだよ。本当に男連れだったのか。ちっ」

酔っ払いが、夜空の下でイチャイチャし始めたふたりを見て舌打ちした。彼が踵(きびす)を返し、どこかへフラフラと去っていくと、ようやく銀髪の男が離れてくれる。

「あ……あの、助けていただき、誠に……」

礼を言おうと顔を上げたら、節くれ立った指が伸びてきて、ソレイユの顎(あご)を掴(つか)んだ。

「え……？」

顔を上向かされ、のぞき込むように見られてしまう。

「やはり……そなたは……」

男が小さく呟いて、ますます顔を近づけてきた。鼻先が触れ合うほどの距離になったとき、彼の唇がうっすらと開く。

（キスされる!?）

「そなたを、ずっと探し……いっ……！」

ソレイユは手を伸ばし、男の耳を思い切り掴んだ。そのままぐにっと上に引っ張ると、男が痛みに顔を歪め、その銀髪が宙を舞う。

「何っ……!?」

男がひるんだ隙にソレイユは素早く体勢を整え、彼の頬を引っぱたいた。ソレイユの爪が男の肌を引っ掻き、その頬に一筋の傷がつく。ソレイユはそのことに気づいていたが、構わず彼の腹に肘鉄をくらわせた。

「ぐっ……」

男が短い呻き声を漏らし、腹を庇うようにうずくまる。

ソレイユは身を翻すと、うずくまったままの男を捨て置いて薔薇のアーチの下を駆け抜けた。

武道の達人から教えてもらった護身術が役に立った。

だが男の姿が見えなくなるまで走ったところで、少々やりすぎたかと心配になって足を止める。

（一応、酔っ払いから助けてくれたのに……）

そう思うと同時に、彼に触れられた首筋が熱くなるのを感じた。

あれほど強く抱きしめてくる必要はなかったはずだ。それもあんなに顔を近づけるなんて、やりすぎとしか言いようがない。思い出しただけで頬が紅潮し、脳が沸騰しそうになる。

「助けるフリをしてキスしようとするなんて、本当に男って下品な生き物ね」

やはり男なんて嫌いだ。

誰も彼も、やることは一緒。結局女を襲うことしか考えていない。

不埒な行為をされたと訴えてやりたいが、動揺のあまり男の顔をちゃんと見ていなかった。

「しくじったわ。次に会ったら、股間に蹴りでも入れてやるんだから」

ソレイユが鼻息荒くシガールームに戻ると、父が驚いた顔をして手から煙草を取り落とした。

「どうしたんだい？　その姿は……」

ソレイユのドレスの裾は土で汚れ、葉っぱがあちこちについていた。ショールを飾っていた宝石はいくつも取れてしまっている。髪も乱れてグシャグシャだ。

「何かあったのか？　ソレイユ」

もうちょっと身なりを整えてからここに来るべきだった。ソレイユは平静を装って、なるべく落ち着いた声で返す。

「庭園を散歩していたら、石につまずいてこけてしまったの。こんな格好になってしまったし、もう屋敷に帰りたいわ」

父は瞼をピクリと動かし、落ちた煙草を拾う。それを灰皿に押しつけると、直前まで話をしていた相手に軽い会釈をした。

「では、これにて……」

「お話の邪魔をしてごめんなさい」

ソレイユはしとやかに笑うと、父の腕に指を絡め、そのままシガールームをあとにする。

帰りの馬車で、ソレイユは父に向かって強く宣言した。

「デビュタントパーティに出席したし、ちゃんと約束は果たしたわよね。もう二度と着飾ってパーティになんか出ないから」

そんなソレイユに、父が訝しげな視線を向ける。

「ソレイユ。何があったのか、正直に言いなさい」

父の追及に、ソレイユはにっこりと笑う。

「何もありませんでした。ええ、何も」

酔っ払いに絡まれて、見知らぬ男性に助けられたけれど、その相手を殴って逃げてきたなんて口が裂けても言えない。

馬車の車窓から、どんどん小さくなる王城を見つめる。

煌々とした灯りが王城を神秘的に浮かび上がらせていた。それを眺めながら、ソレイユは心の中で誓う。

二度と着飾ったりしない。王城にも行かない。

男は嫌い。特にソレイユを女として見てくる男が最も嫌いだ。相手が非力だからって、力任せに襲ってくる男も許せない。

そんな男たちが跋扈する場所に、二度と行かなくてすむと思うとありがたい。

明日から、またいつもの生活に戻ることができる。それだけが楽しみだ。

§　§　§

「ただいま戻りました。お母様」

ソレイユが屋敷に戻ると、母が驚いた顔で出迎えた。

「まあまあ。もう戻ってきたの？　まだ宵の口だというのに……。それに、どうしたの？その格好は」

ソレイユの悲惨な姿に、母が目を剥いて驚いている。

「庭園でつまずいてこけてしまって、ドレスが破けただけです。心配しないでください」

それ以上話そうとしないソレイユを追及するのは諦めて、母は父に問いかけた。

「ねえ、あなた。デビュタントパーティはどうでしたの？　まさかと思いますが、ソレイユが誰かと揉めたとか……」

「いいや。そんな騒ぎは起こしていないよ」

「で、では、誰にも誘われなかったとか……」

「そんなこともない。誘いは山ほどあったよ」

父が蝶ネクタイを外しながらそう返すと、母がむっとした表情でソレイユを見つめてくる。

「だったら、どうしてこんなに早く帰ってきたりしたの⁉」

母に強く問われて、ソレイユはそれらしい言い訳を口にするしかなかった。

「ボロが出るんじゃないかと、気が気じゃなかったんですもの」

「それで素敵なひとはいたの？　何人とダンスしたの？」

「素敵なひとなんていないわ。それに誰とも踊っていないの。早々に庭に出て転んでしまったから」

「だったら着替えて、もう一度王城に行きなさい！　まだラストダンスには間に合うはずよ」

「そこまでして踊りたくないわ。そもそも男のひとが好きじゃないって言っているじゃない」

それを聞いた母が目を丸くした。

「何を言っているの、ソレイユ。結婚は男性としかできないのよ？　それを嫌いだなんて言ってしまったら……」

「枯れた男性ならいいです。お父様くらいの年齢か、もっと上でもいいわ」

「ソレイユ！　冗談を言っている場合じゃないのよ！」

父は複雑な顔をしながらも、嬉しそうに口を挟んできた。

「ファザコンだから仕方ないねえ」

「あなた！」

ソレイユは決してファザコンではないが、今は黙って頷いておく。

父は感づいているのだ。ソレイユの身に何かが起きたことを。

「デビュタントパーティには一応出席したことだし、冷酷無比な国王陛下もモンターニュ家を罰することはできないわよ」

「そんなことを心配しているんじゃないのよ！」

その母の一言がソレイユの心に引っかかった。

国王陛下の要望どおりデビュタントパーティに出席しないと、モンターニュ子爵家が罰を受けるというので仕方なく出席してきたのだが。

「え？　じゃあ……お母様は、何を心配していらしたの？」

母がはっと息を呑み、困惑の目で父を見る。

「と、ともかく本当にどの殿方とも踊っていないのね？　お話しした相手はいるの？　後日お会いする約束は？」

「ダンスすらしていないのに、話とか約束とか、そんなことできるわけがないじゃない。お母様ったら妙なこと訊いてこないで」

母が複雑そうな表情で、ふうっと嘆息した。それを横目に、とっとと部屋へ移動する。

「デビュタントパーティに出席しただけでも頑張ったほうなのに、男性とお話しするとかダンスとか……ないない。無理だわ。そんなの」

部屋に入ると、メイドの手を借りずひとりでドレスを脱いだ。

「ふう。今日という長い一日がようやく終わった。もうドレスなんて着なくていいし、元の日常に戻れるのね」

しかしその期待は、すぐに裏切られた。

§ § §

翌日、朝食の時間。

ソレイユは、いつもの男装姿で食堂に現れた。テーブルにつくやいなや、食べたいものをすべてオーダーする。

「ソレイユ……そんなに食べたら太ってしまうわよ」

「今日から剣の稽古(けいこ)を再開するつもりです。ちゃんと食べておかないと」

ソレイユは運ばれてきたリンゴのコンポートを、大きく口を開けて三口で食べてしまうと、オレンジジュースの入ったグラスを持ち、喉(のど)を鳴らしてゴキュゴキュと飲み干した。

半熟のポーチドエッグ、オニオンのスープに、カリカリに焼いたパン。焼きベーコンと茹でソーセージ。オーツケーキとクロワッサンに、たっぷりのオレンジマーマレードなど、料理が次々と運び込まれてくる。

それらを順に平らげていると、父がわざとらしく咳払いをした。

「剣の稽古(けいこ)は再開できないかもしれないよ」

ソレイユはソーセージにかぶりつきながら、父を恨みがましい目で見返す。

「どうしてですか？　国王陛下の命令どおり、デビュタントパーティに出ました。それが終わったら好きにしていいという約束のはずです」

すると父はジャケットの内ポケットから、一通の封書を取り出した。

「その国王陛下から、手紙が届いたのだよ」

「手紙？」

父は、王家の封蝋（ふうろう）が施（ほどこ）されているそれを、テーブルの上に置いた。

「なんだというのです？」

ソレイユは疑問に思いながら手を伸ばし、すでに開いていた封筒の中から一枚の手紙を取り出す。そこに書かれている文章を目で追い、驚愕（きょうがく）のあまり目を見開いてしまった。

我がアーガム王国の偉大なる国民　親愛なるモンターニュ子爵
そなたの娘ソレイユ嬢を、王城に招待したい
十一月二十五日　夜の七時に迎えの馬車を行かせる
なお、今回はソレイユ嬢ひとりで来られたし
エルネスト・フォン・アーガム＝オットー五世

「……はぁ!? それも今夜？　え、何？　どういうことなの？」

デビュタントパーティは終わったのだ。もう一度王城に赴かねばならない理由はどこにもない。

「絶対に行くものですか……！」

ソレイユの手の中で、クシャリと音を立てて手紙が小さくなる。ふるふる震える拳を見た父が、困った顔で嘆息した。

「ソレイユ。国王陛下直々のお呼び出しだ。さすがに無視はできないよ」

「だって……ひとりで来いなんて不穏すぎるわ」

母もそこは納得がいかないようで、疑問を浮かべた表情で首を傾げた。

「どうして呼び出しなどされたのかしら？　パーティ会場で国王陛下に、ちゃんとお目通りしたのでしょう？」

ソレイユがギクリと肩を震わせると、母の顔が見る見る青ざめていく。

「もしかして……」

「実は……」

ソレイユは、エルネストが大広間に現れる前に庭園に出て、そこでつまずいてしまい、そのまま帰ってきたことをちびりちびりと説明した。

母は両手で顔を覆い、父の腕にもたれかかる。

「……ああ、それよ……呼び出された理由は……」

父は冷静な面持ちで、コーヒーを一口啜った。

「行かざるを得ないだろうね。お目通りをしていないのなら」

「はあ……」

「途中で退席したことを怒っていらっしゃるのなら、きちんと謝るしかないわ。今夜もドレスを着るのよ。次は気をつけてね。妙なところでこけたりしないでちょうだい」

「ええ……そんな……」

不満を漏らすソレイユを、母はキッと睨みつけてくる。

ソレイユは何も言えなくなり、無言でソーセージの残りを頬張った。

あんな格好、デビュタントパーティで最後だと思ったのに。

好きな服装をして、剣の稽古をして、大好きな本を読める日々が戻ってきたはずなのに。

まさか、呼び出しを受ける羽目になろうとは思いもよらなかった。

（どういうことかしら。社交界入りする女性全員と会いたいわけ？　花嫁募集中らしいけど、そもそもデビュタントパーティで花嫁を物色しようなんて考えがおかしいのよ）

三十二歳の権力ある男が、十八歳の小娘を執拗に追い回すなんてことがあっていいのか。

それがこの国の王だというのだから、なんとも呆れた話だ。

（ドスケベ国王め……どうしても来いというのなら、私にだって考えがあるわ）

ソレイユはあることを決意すると、手紙が皺だらけになるまでギリギリと握りしめた。

第三章　国王陛下のでろでろ甘々包囲網

その日の夕刻になっても、ソレイユはドレスに着替えなかった。

飾り気のない白いシャツと細身のスラックス、そして走りやすい編み上げのブーツという格好のままだ。

「ソ、ソレイユ！　もしやあなた、その格好で王城に出向くつもりじゃないでしょうね！」

「いいえ」

平然とした顔で返すと、母は安堵の表情を浮かべた。

「そうよね。さ、着替えましょう」

母がデビュタント用に作った予備のドレスをあてがおうとするが、ソレイユはそれを手の甲で押しのける。

「ちゃんと、この上にジュストコールを着ます。正装用のね」

それを聞いた母は飛び上がらんばかりの勢いで驚き、目を白黒させた。

「ソ、ソレイユ！　まさか男装したまま王城に行くのではないでしょうね！」

「そのつもりです。何か問題でも？」

「問題大ありですよ！　不敬だわ」

「なぜ？　デビュタントパーティはドレスコードが決まっていましたが、呼び出しの手紙にはそれらしいことが明記されておりませんでした。つまり正装であれば、なんでもいいということです。不敬でもなんでもありません」

「屁理屈だわ！　あ、あなた！」

母はドレスを放り出すと、慌てた様子で父を呼びに行った。

現れた父は、金糸で縁取りされた深緑色のジュストコールを羽織るソレイユを見て、眉間に皺を寄せる。

しかし予想に反して、苦言を呈することはなかった。

「ソレイユのやりたいようにやらせてあげなさい。いざとなったら私が責任を取るから大丈夫だよ」

「あなた……」

ソレイユは穏やかな表情を浮かべる父に、真摯な態度で礼を口にした。

「ありがとうございます。お父様」

ソレイユだって、端からドレスを拒否したいわけではない。デビュタントパーティでは義理を果たすため、ちゃんとドレス姿で出席した。

なのにこれ以上、あれこれ言われるのは迷惑。男のなりで登場し、ソレイユは国王陛下の興味を引くような女ではないことを明確に示そう。

そんなことを考えていると、呼び鈴が鳴った。

「お迎えが、こ、来られたのかしら」

母はまだおろおろと狼狽えているが、ソレイユと父は悠然と構えていた。

しばらくすると執事が現れ、王家から迎えの馬車が到着したことを告げる。

エントランスへ赴くと、ソレイユたちを目にした御者が慇懃にお辞儀をした。

「モンターニュ子爵殿。国王陛下の命により、ソレイユ嬢をお迎えに上がりました」

さすが王家の使い、実に礼儀正しい。

馬車も四輪の大型馬車で、絢爛豪華な外観だ。全体を金箔で覆われ、やけに装飾が多く、機能性より見栄えを重視したような造りに思える。

こういった馬車はあまり好きではない。権力を誇示したいがために、必要以上に派手にしているという印象だ。

「ありがとうございます。私の娘ソレイユはこちらでございます」

父がそう述べると、御者はにこやかだった顔を瞬時に強張らせた。

彼の目の前に立つのは、伊達メガネをかけた地味な男装令嬢。艶やかな金髪はきっちりとサイドで三つ編みにし、紅すらさしていない。当然だがジュエリーの類なども一切身につけていなかった。

国王陛下がわざわざ呼びたてるほど美しい子爵令嬢を迎えに来たはずなのに、何がどうしてこうなった……御者はそんな表情を浮かべている。

とはいえ、さすが選び抜かれたエリート御者。すぐに動揺を押し殺し、無表情に戻った。冷静沈着ともいえる態度で、すっと手のひらを出す。けれどソレイユは彼の手を借りず、ひとりで馬車のステップを踏み、中に乗り込んだ。

「国王陛下からは娘ひとりでの登城を求められました。しかし、娘はあまり社交界に慣れておりません。私も同行してよろしいか？」

そんな父の問いに、御者は間髪をいれず返答した。

「私では判断できかねます。国王陛下からは、ソレイユ嬢を丁重に王城までお連れするよう命じられただけです」

「では直接お話しさせていただく」

「失礼を承知で申し上げますが、同行はお断りいたします。のちほど個別にお越しください」

御者の慇懃無礼な態度に、父が癇に障ったという表情をする。

「お父様。心配なさらないで」

「しかし……」

「大丈夫です。お目通りをしたら、すぐに戻ってきますから」

ソレイユの言葉を聞いて、父はしぶしぶ納得する。御者は御者台に座って大きく鞭をしならせ、馬の尻に叩きつけた。

「行ってまいります。お父様、お母様」

馬が走り出すと、心配そうにソレイユを見つめる父母がどんどん小さくなっていく。

「大丈夫……すぐに国王陛下の目を覚まさせてくるわ」

ほかに誰も乗っていないのをいいことに、ひとりそう呟く。

そのときコンコンと小窓がノックされ、御者がそこを少しだけ開けて声をかけてきた。

「軽食をご用意しております。よろしければどうぞ」

「ありがとうございます」

座席の横に籐で編まれたバスケットが置いてある。蓋を開けると、中に瓶詰めのオレンジジュース、可愛い缶に入ったフルーツキャンディと、アーモンドで飾られたクッキーの小袋が入っていた。それらのパッケージには、王室御用達の菓子店の印がある。

「美味しそう。いただきます」

ソレイユは小袋を開け、アーモンドの香りがするクッキーを一枚摘まんだ。

「さすが王室御用達の菓子職人。このクッキー、絶品だわ」

甘いものを食べると、気分が落ち着く。

わざわざ女性の好きそうなお菓子を用意してくれているという気遣いに、少しだけ嬉しくなった。

ソレイユは男勝りに振る舞ってはいるが、胃袋だけは女らしいのだ。

「んー美味しい！　キャンディはどんな味かしら？」

次は缶に手を伸ばし、オレンジジュースの瓶も開ける。

キャンディは蜂蜜とレモンの味がさっぱりとしていたし、オレンジを搾ったジュースも甘酸っぱくて美味しかった。

「いいのかしら、全部食べちゃって。まあ、いっか」

馬車は王城へとひた走る。能天気な娘をひとり乗せ——

§　§　§

昨晩訪れたばかりの王城に、再び足を踏み入れる。

馬車を降りたソレイユを出迎えてくれたのは、筆頭執事だという老齢の男性だ。

「ソレイユ・モンターニュ子爵令嬢ですね。お待ち申しておりました」

背が高くて痩身。背筋がすっと伸びて姿勢も美しい。白髪交じりの頭髪はきっちりと整えられており、口ひげもダンディだ。

これくらいの年齢の男性なら、さほど怖いと感じない。

「国王陛下がお待ちです。ご案内いたしますので、こちらへどうぞ」

さすが王城の筆頭執事。男装のソレイユを見ても、眉一つ動かさない。それどころか歓迎の意を示すように、にっこりと笑いかけてくる。

「はい。ありがとうございます」

素敵な執事に先導され、長い廊下を歩く。

デビュタントパーティは大広間で開催されたが、今日は別の場所へ向かうようだ。どこに行くのだろうときょろきょろと辺りを見回していたら、先に執事のほうから説明してくれた。

「ソレイユ・モンターニュ子爵令嬢。こちらの謁見室に国王陛下がおられます」

執事が手のひらで示した先、廊下の最奥に大きな扉があった。左右に控えていた近衛兵が、ギギギ……と重厚な音を立てて扉を開けてくれる。ソレイユはドキドキしながらその中へ足を踏み入れた。

クリスタルのシャンデリアから、眩いばかりの光が降り注ぐ。ソレイユは目がくらんで視線を横に背ける。目が慣れてくると、王座があるであろう正面をようやく見ることができた。

「え……？」

なぜかはわからないが、謁見室には大勢の男女がいた。

男性はジュストコールにトラウザーズ。女性は豪華絢爛なドレス姿。彼らは視線を一斉にソレイユへと向けている。

いくつもの目に宿るのは、興味、嘲り、冷笑。

「……っ！」

(どういうこと？　呼び出されたのは私だけじゃなかったの？　女性ばかりならともかく、男性もいるわ……)

あまりのひとの多さに委縮してしまい、足が強張って動かなくなる。

遠い。王座まで、すごく遠く感じる。どうしよう。急に緊張してきた。

心臓がドクンドクンと脈打ち、顔が熱くなってくる。

「まあ。なんて格好。男の子みたいね」

そんな声が、どこからか聞こえてきた。だがソレイユは自ら男装を選んだ。嘲りや侮蔑が怖かったら、最初からこんな格好をしていない。

目的を果たす前に気後れしてしまうところだった。ソレイユは意を決して、足を一歩踏み出す。

カツカツと硬質な音を立てて歩くと、両脇に立っている紳士淑女が怪訝な顔をしているのが目の端に映る。

扇で口元を隠し、クスっと笑う女性もいた。あからさまに落胆し、嘆息する男性もいる。

そんな周囲には目もくれず、ソレイユは一直線に王座へと向かって歩いた。王座の前まで来ると、膝を折り恭しく頭を下げる。

「ソレイユ・モンターニュでございます。お呼びと伺いましたので登城いたしました」

「よく来てくれた。今夜はそなたのために晩餐会を開く。楽しんでくれ」

頭上から低くて甘い声が落ちてくる。

(晩餐会？　そんなこと手紙には書いてなかったけど)

「失礼を承知で申し上げますが、私は華やかな場が苦手です。服装もこのようなものしかございません。願わくは……」

「気にする必要はない。それでじゅうぶんだ」

（はい？　ひどい格好だから帰ってよい、じゃないの？　想定していた反応と違う……）

てっきりすぐに追い出されると思っていたし、ソレイユもそれを狙っていたというのに、エルネストはこの格好でいいという。

「しかし、王家主催の格式ある晩餐会に……」

「格式などない。単なる食事会だ。そなたと話し合うためのな」

「私には、国王陛下にお聞かせできるようなお話などございません。楽しい話題も珍しい情報も何ひとつ持ち合わせては……」

「面白くなくていい。なんだったら堅苦しい話題でも構わん」

「……は？　し、しかし」

話が妙な方向へとずれていく。ソレイユが次なる断りの言葉を思いつく前に、エルネストが再び口を開く。

「そなたは、私に借りがあろう」

「借り……？」

なんのことかと、そっと上目遣いで王座の男を見る。

ストイックな黒の軍服に映える艶（つや）やかな長い銀髪に、エメラルドを思わせる緑の目。

高い鼻梁に、色気のある唇。精悍さと秀麗さを併せ持つ容貌だが、内面は冷酷無比な独裁王として近隣諸国に知られているほどの男だ。

そのエルネストが肘掛けにもたれ、高慢な眼差しでソレイユを凝視している。

彼は楽しそうに微笑むと、指先で頬をすーっと撫でた。見覚えのある、うっすらとした一筋の引っ掻き傷に、ソレイユの全身が凍りつく。

「あ、あなたは……」

昨夜酔っ払いから助けてくれた……いや、そう見せかけて、ソレイユにキスしようとした男と瓜二つだ。

「どうした。何を固まっている」

そう問われて、ソレイユの身体がビクンと跳ねる。

（まさか、まさか、まさか！　他人の空似であってほしい。お願いだから……！）

「あ……の……その傷……は……？」

ソレイユが震える声で問うと、エルネストが口角をにやりと上げた。

「やんちゃな子猫に引っ掻かれた。泥酔男から助けてやったのに恩知らずだろう？」

（じゃあ昨夜肘鉄を入れてしまったのは、まさかの国王陛下……!?　そんなっ……）

エルネストが言う『子猫』の意味を理解したのか、周囲の紳士淑女がクスクスと笑う。

「まあ。本当に無礼な猫ですこと」

「国王陛下の恩情を仇で返すなんて失礼な。まるで……」

晩餐会に招待されたのに、礼儀も何もあったものではない格好で現れたソレイユのようだ。そう言いたいのだろう。

だがソレイユの心境は、それどころではなかった。

なぜ呼び出されたのかは、今はっきりと理解した。彼は昨夜の意趣返しを企んだのだ。ソレイユに恥をかかせることが、彼の真の目的かもしれない。

そうだとしたら器の小さい男だ。女ひとりものにできないくらいで、こんな大掛かりな茶番を仕掛けるなんて。

王座に座るエルネストに、ソレイユは強固な意思を込めた視線を送る。

「国王陛下。本日のご用件をお伺いしてよろしいでしょうか」

「単なる晩餐会だと申しただろう」

「王家主催の晩餐会に私が呼ばれる理由がわかりません。もし私の不敬が原因でしたら、ここで真摯に謝罪いたします」

「不敬、ねえ……」

エルネストが首を傾げ、肘掛けにゆったりともたれかかる。

「大変申し訳ございませんでした。心よりお詫び申し上げます。どのような罰でもお受けいたしますので、どうかお許しください」

深々と頭を下げ、神妙な態度で謝罪の意を述べる。すると彼が落ち着いた声でこう言った。

「そなたは、何か勘違いしているようだな」

「勘違い？」

「私は純粋にそなたに会いたかっただけだ。意味のない謝罪など求めていない」

「会いたかった……？」

驚いて思わず顔を上げてしまう。

会ってどうするというのだろう。そんな疑問が顔に出たのか、エルネストが言葉をつけ足す。

「そなたはとても興味深い。面白いと言っても過言ではない。会いたいと思ってもおかしくはないだろう？」

そんなエルネストの言葉に反応を示したのは、ソレイユではなかった。紳士淑女(しゅくじょ)たちが、ソレイユに容赦なく刺々(とげとげ)しい視線を送りつけてくる。

「確かに面白い格好をしているわね。国王陛下のおっしゃるとおりですわ」

「高級食材に飽きて、珍しいものを食してみようと思われたのかもしれないわね」

ソレイユは周囲のヒソヒソ話をさくっと無視し、エルネストに向かって再び丁寧に頭を下げる。それから、はっきりとした口調でこう言った。

「国王陛下が何をお考えかは存じませんが、私は面白い人間ではありません。むしろこのひとたちのほうが……」

ソレイユは目線だけを、着飾った紳士淑女たちにちらりと向けた。

「よほど面白いジョークを言えるでしょう。それも皮肉たっぷりな」

ソレイユの嫌味返しに、紳士淑女が色をなして喚きたてる。

「まあっ……！　失礼ですわね、育ちが知れるというものですわ」

「場にそぐわない格好に言動。モンターニュ子爵によいマナー講師を紹介したほうがいいな」

聞こえるように悪口を言った挙句、まったく悪びれないどころか、さらに悪口をつけ足してくる。数で勝っているから、強気で攻撃してくるのだ。

（こうすれば私が泣いて帰ると思っているのね。帰ることは帰るけど、ここで泣くものですか……どんなに辛くても……）

ささやかではあるが、それがソレイユなりの抵抗だ。

ソレイユはしっかりと面を上げ、エルネストを凝視する。

「私は誰かを笑いものにするようなショーは好みません。ですから、国王陛下にとっては面白くない人間でしょう。残念ですが、ここで帰らせていただいてもよろしいでしょうか」

するとあちこちからソレイユへの非難が聞こえてきた。

エルネストは彼らを細めた目で見回すと、膝をつくソレイユに鮮やかな笑みを向けた。

「私もそんな悪趣味なショーは好まない。そなたと私は感覚が同じなようだ」

（はい？　じゃあ、この状況は一体なんだというの？）

またも予想外の反応が返ってきて、ソレイユは戸惑う。

「それに、そなたはじゅうぶん面白いぞ」

ソレイユは大きく首を横に振った。何をどう説明しても、彼にはまったく通じない。

どうやら冷酷無比な独裁王というのは嘘で、実際は頭の弱い取り巻きに囲まれ、ヘラヘラしているだけの男と見える。

多少見栄えがよくても、酔っ払いから助けてくれたという事実があっても、駄目なものは駄目。アーガム王国の未来が思いやられる。

「とにかく私は晩餐会を欠席させていただきたく……」

「それは駄目だ。そなたが主役なのだから。元々はそなたと私のふたりだけで食事をするはずだったのだ。ほかの連中は、呼んでいないのに勝手に現れたにすぎん。おそらく誰かが手を回したのだろうな」

すると、ひとりの女性が高らかに笑いだす。

「まあ、おほほほ……国王陛下はジョークがお上手ですこと」

何がおかしいのかわからないが、それよりもエルネストの言葉のほうが気になった。

（主役ですって？　嫌がらせにしてはずいぶん手が込んでいる。罰をちらつかせてデビュタントパーティに来いと命令してくるだけのことはあるわね）

「……晩餐会に出席しなければ、モンターニュ家を取り潰しにでもされますか？」

不敬と言われようが構わない。ソレイユは目を細め、強気な口調で問うた。

するとエルネストの眉間に小さな皺が寄る。彼は即答せず優雅に足を組み直すと、肘掛けに片肘をついてその手の甲に顎をのせた。

それからニヤリと笑い、もう片方の手のひらを見せて笑う。

「それもよいかもしれんな。そなたが路頭に迷ったら、愛人にでもしてやろう」

（ふざけないで！　こいつ、ほんとに単なるクズ野郎じゃないの！）

ソレイユをからかうようなエルネストの態度に、周囲の連中がクスクスと笑う。

そこで突然エルネストは王座から立ち上がり、カツカツと靴音を鳴らしてソレイユのほうへ降りてくる。彼はひざまずくソレイユの前に来ると、すっと手を差し出した。

「晩餐会はこの上の階、賓客用の大食堂で開催する。私がそなたをそこまでエスコートしよう」

大きな手のひらを見せられ、自然と視線がそこに向く。

どうせ重い荷物を持ったこともないような、手入れされた綺麗な手をしているのだろう……と思ったが、ソレイユはすぐさま考えを変えた。

（これは……）

「どうした。早く手を取ってくれぬと、モンターニュ子爵家を取り潰すぞ」

楽しそうな顔でそう言われたら、馬鹿にされているのだとソレイユにだってわかる。

むっとしつつも手を伸ばし、そっと大きな手のひらに置くと、瞬時にぎゅっと握りしめられた。

思ったとおりだ。この手は……

不思議に思って見上げるソレイユに、エルネストが艶やかな笑みを向ける。

サラリと絹のような銀髪が揺れ、そのまま扉へと誘導された。

背は高く、ほどよく筋肉質。容姿だけなら本当に男前だ、などと悠長なことを考えていたら、首筋にチリチリとしたものを感じた。見れば背後の淑女たちが、メラメラと嫉妬の炎を燃やしている。

（私を妬んだって無意味でしょうよ……これは嫌がらせよ？　変なひとたちだわ）

エルネストに手を引かれ、ソレイユは石造りの重厚な階段を上っていく。

よくよく考えたら、エスコートなら手をつなぐ必要はないのではないか？　なぜしっかり指を絡められているのか。

手を離そうとしたら、逆にぐっと力を入れられた。

「あの……手、放してもらえますか？」

「駄目だ」

「子供みたいで恥ずかしいです」

引きつった顔を向けると、エルネストが華やかな笑みを返してくる。無駄に美形……もう、どうしたらいいのかわからなくなる。

「私は放したくないな」

「はぁ……」

実に面倒くさい男だ。こうなったら、すぐさま晩餐会を退席できるよう、出された料理を速攻で食べてしまおう。

長い廊下を歩き、最奥の扉の前で足を止める。

メイドの手によって、大きな扉が開かれた。そこには何メートルあるのかと思うほど長いテーブルと、数えきれないほどの椅子が並んでいた。天井からはシャンデリアが吊り下げられ、壁には高名な画家が描いたたくさんの絵。大理石の長いテーブルの上には、豪華な食事がずらりと並べられている。

（何人分の食事かしら……）

美味しそうな料理の匂いを嗅ぎながら、ぼやーっとそんなことを考えていたら、背後からドヤドヤとたくさんの紳士淑女が入ってきた。さっきの嫌味な取り巻きどもだ。

あのひとたちは、なんのためにこの場にいるのだろう。エルネストは呼んでいないのに勝手に現れたとか、誰かが手を回したとか言っていたが、そんなわけがない。こんなにたくさんの料理が用意されている以上、エルネストはすべて承知していると解釈したほうがしっくりくる。

エルネストの太鼓持ちだろうか。それとも、ソレイユを集団で虐めるための駒？

誰も彼も同じような雰囲気に、同じような言動。似たような服装に、似たような髪型で、正直誰が誰か判別できない。

だが、よく見ているとわかることがある。連中には、リーダー格と思しき女性がいた。

「国王陛下ったら。足がお速いのね。なかなか追いつけませんでしたわ」

マロンクリームみたいな色の髪を、これでもかとクルクルに巻き上げている美女が、おほほ……と笑ってエルネストを色っぽい流し目で見る。

黄色がかった灰色の目を驚くほど長いつけ睫毛で縁取り、真っ赤な口紅で染め上げた唇をつんと尖らせている。薄い紫色をしたレースとフリルたっぷりのドレスに、同色のパンプス。扇も紫色だから、その色が好きなのだろう。

そんな紫美女はソレイユと目が合うと、不敵な笑みを浮かべた。

「初めまして。モンターニュ子爵令嬢。わたくしはヴィオレーヌ。父はトレモイユ公爵ですわ」

ヴィオレーヌの挨拶は、『子爵令嬢』の部分にやけに力が入っていた。

「初めまして。ヴィオレーヌ様。私はソレイユ・モンターニュ。ご存じのとおり父は子爵です」

簡潔にそう返すと、なにが気に入らなかったのか、ヴィオレーヌは鼻をふんと鳴らしてそっぽを向く。

「育ちの悪い娘はきちんとした挨拶もできないようね。そんな娘でも、陛下のベッドにもぐり込む術だけは心得ているのかしら」

色ごとに疎いソレイユだが、その嫌味はしっかりと理解できた。

(思いっきり侮辱じゃないの！　何？　私が色仕掛けでエルネスト陛下に迫ったとでも？　ない、絶対にない。こっちは男性恐怖症なのよ？　男盛りで性欲の塊みたいな男、こっちから願い下げなんですけど)

……とも返せず、モヤモヤしたままメイドのひとりによって席へ案内される。

長いテーブルの最奥にエルネストが座ると、ソレイユはその横に座らされた。

この位置は客人というよりエルネストの妻みたいだ。取り巻きどもが剣呑な目を向けてくるが、さくっと無視。

(はいはい。さっさと食べて帰らせていただきますから、ご安心ください)

みなが席につくと、アミューズが運ばれてきた。鶏レバーのムースとカリカリに焼いたバゲット、鰯とズッキーニのミルフィーユだ。大きな白い陶器の皿には王家の家紋が描かれていて、とても高そうだった。割らないように気をつけなければいけない。

エルネストがワイングラスを高く掲げる。

「乾杯といこう。ソレイユ子爵令嬢に」

ソレイユの何に乾杯なのか。そう疑問に思ったのは、ソレイユ本人だけではないらしい。ヴィオレーヌを筆頭に貴族の取り巻き連中も、みな鼻白んでいた。

それでもエルネストが乾杯を口にしたわけだから、みなグラスを高く掲げる。

なんだかなあという気分のまま、ソレイユもそれにならい、グラスを掲げてワインを口に含んだ。

グラスに唇をつけると、芳醇な香りが鼻腔に漂ってくる。ワインは舌の上を流れ、転がるように喉へと落ちていった。

「美味しい……」

さすが王家主催の晩餐会。極上のワインだ。緊張で喉が渇いていたのか、ソレイユはあっという間にグラスの中身を飲み干してしまった。

すると脇に控えていた給仕が、優雅な仕草でワインを注ぎ足してくれる。

「あらあら。ソレイユさんはワインをちゃんと楽しまないのね」

ヴィオレーヌがワイングラスをクルクルと回して、香りを嗅いでいる。

「渋みが強いけれど、繊細な味わいだから年代ものね。ルチアーノ産のブドウかしら」

「はい。おっしゃるとおり、ルチアーノの黒ブドウで造られたオールドワインでございます」

給仕がそう返すと、周囲の貴族たちが感嘆の声を上げる。

「さすがヴィオレーヌ嬢」

ヴィオレーヌが自慢げな顔をしているのを横目で見つつ、ソレイユはどうでもいいと二杯目のワインを飲み干す。すると給仕が慌ててソレイユのグラスにワインを注ぎに来た。

どこ産の何年ものでも、ソレイユは美味しく飲ませてもらうだけだ。

それほどアルコールに強いほうではなく、普段もグラスに一杯飲むかどうかというところである。

だが今はヴィオレーヌやそのほかの連中が鬱陶しかったので、ワインを飲んで時間を潰した。

「まあ、ソレイユさんは酒豪ねえ」

返答が面倒なので、無視してワインをあおる。エルネストはその間、一言も口を挟まずワインを嗜んでいた。

続いて料理にも手を伸ばす。バゲットやミルフィーユを大きく口を開けて次々と頬張った。

皿が空っぽになると、メイドがさっと下げてくれる。

ヴィオレーヌたちを見れば、まだほとんど食べていない。どちらかというと、歓談に重きを置いているようだ。

「まあ……おほほ……それで、お父様はなんとおっしゃっているの？　ヴィオレーヌ様」

「早く結婚させたいと、そればかり。わたくしに相手を選ぶ権限などないようですわ」

「おお！　我らのマドンナ、ヴィオレーヌ嬢。私もあなたの婚約者候補として名乗りを上げてもよいでしょうか」

「よろしくてよ。でも、わたくしは家督を継ぐ身ですもの。婿養子になっていただける男性が望ましいわ」

「ヴィオレーヌ嬢。私は公爵家の三男です。ぜひ……」

（うわぁ……何？　この小芝居……）

謎のヴィオレーヌ劇場にうんざりし、ひたすらワインを飲んでいると、給仕がまたしても注ぎ足してくれた。

やがて給仕の手によって前菜が運ばれてくるが、またほかのひとたちより早く食べ終えると、嘲笑うように見られてしまう。

「育ちの悪いお嬢さんは違うわね」

「あら？　モンターニュ子爵家は裕福だと聞いておりますわよ」

「ビジネスの成功と育ちは別物なのだよ。ソレイユ嬢が早食いでも、それは仕方のないことだ」

（……庇ってないわね、それ）

こんな連中をエルネストはどう思っているのかと気になり、こっそりと横目で見る。

彼は表情を一切変えることなく、硬質な目つきで連中を眺めていた。咎めてくれるのかと思ったが何も言わない。

ゲストが愚弄されているのに助け船も出さないなんて、彼の性格が一番悪いような気がする。

ということで、さっさと料理を口に運び、早くフルコースを終わらせることだけに専念した。

それとなく周囲を見回すと、まだアミューズにすら手をつけていないひともいる。食事だけで何時間かける気だ。こんな連中が取り巻きでご満悦なわけだから、エルネストもくだらない男だ。

エルネストのほうを見ると、彼は空腹だったのか、ソレイユとそれほど変わらない速さで食事を取っている。

それでも国王はやはり国王。食べる所作が実に美しい。

出された料理をガツガツと食べるソレイユと違って、きちんと味わっているように思う。

それを見て、つくづく自分は馬鹿だなあと思ってしまった。せっかくの晩餐会なのだから、お愛想でもなんでもいいから適当に相槌を打ち、美味しい料理を楽しめばよかったのかもしれない。

砂を噛むような顔で勢いに任せて食べてしまっては、作ってくれたシェフにも失礼だ。高慢な貴族連中に振り回され、せっかく出された食事を味わうこともなく、ただひたすら耐えるなんて自分の性に合っていない。

気持ちを切り替え、ここからは美味しく……と思ったところで、ヴィオレーヌが優しい声色で話しかけてきた。

「ソレイユさん。おかわりなら遠慮なく頼むとよろしいわよ」

意地悪令嬢ではあるが、表面上は親切にするのが貴族というものなのだろうか。

「いいえ。私は……」

「わざと空腹にしてこられたのでしょう？　ここで食べないと損、みたいな感じで」

ヴィオレーヌの一言に、大爆笑の渦が巻き起こる。

堪忍袋の緒が切れたソレイユは、フォークとナイフをテーブルに叩きつけると、すっと立ち上がった。そしてエルネストに向かって深々と頭を下げる。

「国王陛下。大変申し訳ございませんが、これにて失礼させていただきます。やはり私はこの場にそぐいません」

面を上げると、泰然たる態度のエルネストと視線が交錯した。彼はつまらなそうに、長い銀の髪をかき上げる。

「これくらいで音を上げるのか。連中相手に、何かしてくれるかと期待していたのだが」

ソレイユに、一体何を期待していたというのか。

泣いたり震えたりしないから、虐めのターゲットとして物足りないとか？

庭園で無礼なことをしたソレイユを辱めるために、わざわざこんな場を設けたのだとしたら話にならない。これ以上、一秒たりともこの場にいたくない。

もう一礼だけすると、踵を返し大食堂から出ていこうと足を踏み出す。

「え？　……きゃっ」

その瞬間、ソレイユは誰かに足を引っかけられ、大きく身体がよろけた。そのまま倒れ込みそうになり、慌てて手近な何かを無意識に掴む。

それはテーブルクロスで、テーブルの上の料理やワイングラスを引きずり落としながら、ソレイユは床に倒れ込んでしまった。

ガシャーンッ！　パリンッ！　と、ガラスや陶器の割れる硬質な音が、大食堂の天井まで響く。

「まあっ！」

大理石の床に広がるのは、粉々になった王家の紋章入りの皿や、ワイングラスの残骸。料理はあちこちに飛び散り、ワインの水たまりも徐々に面積を広げていく。

ソレイユは、すぐに立ち上がろうとした。だがワインに足を滑らせ、食器の破片の上に手をついてしまう。

「いっ……た……！」

だが破片で傷ついた手のひらより、シーンとしてしまった空気のほうが痛い。

恐る恐る目だけを上げて周囲を窺うと、貴族たちの衣服が、散らばった料理やワインで汚れていた。エルネストも同じありさまで、黒の軍服が料理のソースでべっとりと濡れている。

「あ……」

ソレイユの顔から血の気が引き、全身が小刻みに震える。

「申し訳……」

「んまあぁっ！　なんという……！　失礼ですわ！　こんな……」

「マナーがなっていないなんてものじゃない！　これではじゃじゃ馬どころか暴れ馬ではないか！」

ソレイユの謝罪の言葉を遮るように、みな口々に誹謗中傷してくる。

「待ってくださいな。わたくしも悪いのよ」

ひとりだけ難を逃れたのか、まったくドレスが汚れていないヴィオレーヌが喚く連中に向かってこう告げた。

「よく食べるお嬢さんだから、おかわりもできるのよと教えてさしあげたのだけど、それが余計だったみたいね。怒らせてしまったわ。でも、わざと晩餐会を台なしにしようとするのはやりすぎよ」

「違……」

床に這いつくばるソレイユに向かって、ヴィオレーヌが蔑むような笑みを向ける。

確かに心中では、こんなくだらない場、ぶっ潰してやりたいと何度も思った。

だがソレイユにだって常識くらいある。思ったとしても実行はしない。誰かがわざと足を引っかけたのだ。

そう言い返したいのに、貴族たちは聞く耳など持たず、ひたすらソレイユを責め立ててくる。

「謝罪しろ！　謝罪！　国王陛下に恥をかかせたんだぞ！」

「構わぬ。私は恥などかかされてはおらん」

平淡な声でエルネストが言うと、ヴィオレーヌが大袈裟な仕草で両手を組んだ。

「国王陛下は、なんと寛大なのでしょう」

そう言ってソレイユの傍らにしゃがみ込み、耳元でそっと囁く。

「あなたは、さっさとここを出ていったほうがいいのではないかしら？　ああおっしゃっているけど、きっと心中ではお怒りになっているわ。だって国王陛下は冷酷なかたですもの」

エルネストに恥をかかせたかったわけじゃない。そう説明して、彼に謝罪しなければ。でも何かを言おうとするたび、誰かの糾弾と非難が邪魔をする。もう頭がパニックでグルグルと回り、どうしていいのかわからない。

そのとき扉の開く音がして、その場にいた全員の視線がそちらに向いた。

「何があったんだい？　これは……」

殺伐とした雰囲気の場に、温和な男性の声が入り込む。みな、ピタリと口を閉じてしまった。

「ジェレミー殿下……」

煌びやかな銀髪に緑の目を持つ、驚くほど美形の男が扉の前に立っていた。

彼ははっと驚いた顔をして、まっすぐにソレイユのもとへ歩いてくる。ソレイユを責め立てていたひとびとが、さっと左右に分かれて道を空けた。

「遅れてしまって申し訳ない。少々野暮用があってね。それにしても……君、大丈夫？」

艶やかな笑みに、ソレイユの心が落ち着きを取り戻す。

「あ、あなたは……」

ジェレミー殿下と呼ばれた男性を見た瞬間、『あのかたに似ている』とソレイユの心が叫んだ。

彼は腰をかがめ、ソレイユに向かって手を差し出す。ソレイユはおずおずと、その綺麗な手を取り立ち上がる。

不躾と知りながらも、もう一度彼の顔をまじまじと見つめた。

高い鼻梁に銀色の髪。三年前、ソレイユを悪漢から救い出してくれた恩人に、ジェレミーはとてもよく似ていた。

ぼんやりとした横顔しか覚えていないが、彼の面差しがあの救世主と重なって見える。

あまりに見すぎたのか、ジェレミーが照れくさそうな顔をした。

「ぼくはジェレミー。国王陛下の弟ですよ」

「は、初めまして……？」

ソレイユの言葉を聞いたジェレミーは苦笑を浮かべ、首を傾げた。

「初めまして……ではないけどね」

（初めてではない？　どこかでお会いしたかしら……？　もしかしてあのときのことを覚えていらっしゃるの……）

三年前の救世主がジェレミーである可能性が高まってくる。確認したいが、どう訊けばいいのだろう。

「あ、あのっ……王弟殿下っ……！」

緊張で声が上擦ってしまい、妙に大きな声で名を呼んでしまう。驚いた顔をされ、ソレイユは恥ずかしくて頬が熱くなった。挙動不審なソレイユを目にして、ジェレミーが優しげに微笑む。

「なんだい？」

「あ……」

どうしよう。うまく言葉が発せられない。彼は口をパクパクさせるソレイユを見てまたも首を傾げる。

「ジェレミー……王弟殿下……あっ……あのっ……」

あなたは、三年前に私を助けてくれた銀髪の救世主様ですか？

そう問いたかったのに、ソレイユは動揺のあまりまったく別のことを口にしてしまう。

「銀の髪が……とても綺麗ですね」

（恥ずかしいっ……もうっ！　私ったら！　何が髪よ！　これじゃあ単なる変な女じゃないの！）

しかしジェレミーは、特に怪訝な顔をしなかった。

「そう？　ありがとう。アーガム王国では珍しい髪の色だけどね」

優しい笑みで返され、ソレイユはほっとする。

ということは、三年前のあのひとは、やはり……

「ジェレミー殿下は、変わり者の男装令嬢にもお優しいこと」

舞い上がっていたところ、ヴィオレーヌのからかうような言葉で気をそがれてしまう。

「彼女には男装をしないといけない理由があるのだろう。それこそ、過去に何か辛いことがあって、やむなくそうしているとかね。何も知らずに失礼なことを言うものではないよ」

ジェレミーがそう言ってソレイユに向かってウィンクをした。

（やっぱり……！　ジェレミー殿下は……！）

予想が確信に変わっていく。ジェレミーが三年前の救世主がどうか訊いてもいいだろうか。しかし貴族の面々の前で、ソレイユはうまく訊けそうにない。

「ジェレミー殿下が到着して早々色目を使うとは、下位貴族の娘はわたくしたちと考えが違うようね。もしかして注意を引きたいから、わざと大袈裟に倒れたのかしら。だとしたら恐ろしい考えの持ち主だわ」

ヴィオレーヌの刺々しいセリフを背に受け、ソレイユの身体がビクンと震える。

男嫌いのソレイユに、色目など使えるわけがない。わざと倒れるなんて考えたこともない。

でもジェレミーはどう思うだろうか。ちょっとあり得ないような転び方をしたのだ。誤解されてしまったらどうしよう。

不安で俯くと、ジェレミーがヴィオレーヌに向かって鋭い声を上げた。

「やめるんだ。ヴィオレーヌ。故意にやったわけじゃない。それに彼女は今日の主役だ。傷つけるような発言は、ぼくが許さないよ」

ヴィオレーヌがむっとした表情を浮かべ、歪んだ口元を扇で隠した。

「失礼いたしましたわ……」

ジェレミーに擁護され、ソレイユの心が落ち着いていく。やっと状況を冷静に見つめなおす余裕が出てきた。

見れば見るほど悲惨な光景だ。テーブルの上は散乱したグラスや皿、溢れた料理でぐちゃぐちゃ。

床もしかりで割れた破片があちこちに飛び散り、少々危ない状態だ。

そしてお高くとまった貴族連中はというと、みなワインやスープの染みだらけになっていた。これでは怒られて当然だろう。

エルネストが一番ひどかった。艶やかな銀の髪からはワインの雫が垂れ、軍服には野菜の切れ端や肉の破片がくっついている。

冷酷無比な残虐王エルネスト。

たかだか頬にかすり傷を負わせたくらいで、ソレイユへの嫌がらせを仕組むような男だ。きっとヴィオレーヌが言ったように本当は怒っているのだと思ったが、エルネストの放った一言は想像とは違っていた。

「そなたは本当に面白いな。まさか暴れるとは思いもよらなかった」

「あ、暴れるなんてこと……するわけが……」

そもそもソレイユの足を誰かが引っかけたから、こんな惨状になってしまったというのに、冗談ではない。そう考えたところで、ソレイユはエルネストが楽しそうにしていることに気がついた。服は汚れているのに、妙な余裕すら感じるほどだ。

「兄さん。ご自分の招待客がひどい目にあっているのに、助けないとはどういう了見ですか」

「おまえが口を出すようなことではない。そもそも、なぜ現れた。ほかの連中同様、招待した覚えはないぞ」

「兄さんがデビュタントパーティを中座した女の子を、わざわざここに呼び出したと聞いたからです。何をするつもりですか？」

「おまえに間違った情報を与えた奴は誰だ。それとも、わざと曲解しているのか」

刺々しい声で言い合う様は、兄弟とは思えぬ冷ややかさだ。

確かジェレミーはエルネストの五歳下の弟だ。前王の側室の子で、王位継承権は第一位。エルネストに何かあった場合、彼が国王陛下となる。

「兄弟げんかになってしまったわ。あの娘のせいで……」

あちこちから小さい呟きが聞こえてきて、自分がふたりの仲を悪くしたのかと不安になってしまった。

ソレイユは頭を下げると、抑揚のない声で謝罪の言葉を述べる。

「私はこの場にふさわしくないと証明してしまったようです。もう下がらせていただいてもいいでしょうか」

ソレイユが慇懃に伝えると、エルネストより先に貴族たちが何やら言い始めた。

「そのほうがいいわ。せっかくの晩餐会をめちゃくちゃにしたんですもの」

「国王陛下の面目丸潰れだ」

ジェレミーが「君たち。やめたまえ」とたしなめるが、みな一瞬口を閉ざすだけで、すぐにまた囁き始める。

この場ではジェレミーだけがまともなひとのように思えた。そんな彼はソレイユに向かって、困ったような笑みを見せる。

「気にすることはないよ」

ジェレミーの優しくて大きな手が、ソレイユの肩をポンと叩く。彼の思いやり深い振る舞いに、ソレイユの胸がキュンとした。

それに比べて――

「不用意にその娘に触るな。馴れ馴れしい態度を取るのは許さぬ」

エルネストは低い声でジェレミーを恫喝する。それどころか大股でソレイユのそばまで来ると、ぐいと肩を抱いてきた。

「な、何⁉」

「ソレイユ。そなた、手を怪我しているだろう。治療したほうがいい」

エルネストに言われた瞬間、ソレイユの手のひらがズキンと痛んだ。

指を広げて見ると、確かに皮膚が裂け、血が滲んでいる。エルネストは、ソレイユがガラスの破片で手を傷つけてしまったことに気がついていたのか。

「大丈夫です。これくらい……」

「駄目だ。菌が入り込んだらどうする。それだけではない。私もそなたも着替えねばならぬ。今夜はもうお開きだ。ソレイユ、部屋に行くぞ」

「へ、部屋？　どこの……ま、待って！」

エルネストの腕に肩を抱かれたまま、強引に連れていかれる。

助けてほしいとジェレミーに視線を向けたが、彼は先ほどの柔和な表情とは打って変わって目に仄暗い炎を宿し、凍った面持ちでエルネストを睨んでいた。

怖くて一瞬ビクッとしたが、彼はすぐに苦笑を浮かべ肩を竦めてみせる。

「兄さんは強引だね。ひとの話を聞きやしない」

ヴィオレーヌがジェレミーのそばに近づき、何やらコソコソと話しかけている。先ほどは彼女に対し、きつめの口調で注意していたジェレミーだが、もうそんな険しい雰囲気ではなかった。むしろ楽しそうにヴィオレーヌと話をしている。

ソレイユは途端に嫌な気持ちになる。ジェレミーは優しいひとだから、話しかけられたらどんな相手にもそれなりの態度をとるのだろう。だが、ヴィオレーヌだけは嫌だった。

とはいえ、どうしようもない。ソレイユはエルネストに肩を抱かれたまま、部屋を出ていくことになってしまったのだから。

§　§　§

大食堂の扉を出てすぐ横にある階段を、エルネストに引きずられるようにして上っていく。

上りきった先に、重厚な木製の扉が見えた。見張りの近衛兵も使用人もいないので、エルネストが自らドアノブに手をかける。

ギィ……と重い音がして扉が開かれると、そこは巨大な部屋になっていた。

驚くほど広くて、ソレイユは目を大きく開く。

壁一面に本棚が並び、たくさんの本がみっちり収まっている。床にはゴブラン織のラグが敷かれており、その上には簡素な木製のテーブルと、落ち着いたモスグリーンのソファ。カーテンもソファと同じ色だ。続きの部屋もあるようで、いくつか扉が見えた。

ここはなんのための部屋だろう。図書室だろうか。

そんなことを考えていると、エルネストが説明した。

「私の部屋だ」

「え……でも、扉の前に近衛兵のひとりもいなかったし、不用心では？」

何気ない疑問を呟くと、彼がすぐさま答える。

「近衛兵なら階段の下に数名いる。ここには基本、誰も入れぬようにしているのでな」

つまりエルネストの私室というわけか。思ったより地味で実用的すぎて、イメージと違っている。

なぜ彼の私室に連れてこられたのだろう。それも、普段は誰も入れないらしい場所に。もしかして……もしかすると。ソレイユは余計な妄想で脳内がいっぱいになってしまう。

エルネストは軍服の上衣に指をかけ、ボタンをひとつひとつ外していく。それをばさりと脱ぎ落とすと、シャツだけの姿になった。白いシャツ越しに盛り上がる筋肉に、ソレイユはぎょっとする。

（なぜ服を脱ぐの？　や、やっぱり……噂どおりの……）

――女にだらしなく常軌を逸したスケベで、夜の主として君臨するほどの精力自慢。毎夜女性をとっかえひっかえして寝所に呼び込み、数々の浮き名を流している。

この状況で服を脱がれては、噂は本当なのだと思わざるを得ない。

ところが彼は、脱いだ軍服をまじまじ眺めると、ふっと笑った。

「子供でもあるまいし、食事をしただけでこんなに汚れるとはな」

途端にソレイユの顔がかあっと熱くなってしまう。単に汚れた服を脱いだだけだとわかり、拍子抜けして全身の力が抜けた。

(あれだけ汚れてしまったら、脱ぐのは当たり前よね。やだ……妙なこと考えちゃったわ……)

エルネストは汚れた面を内側にして上衣を畳むと、テーブルの上に置く。

「治療するか」

そう言って腕まくりし、引き出しの中から木の箱を取り出した。それをテーブルに置き、ソレイユに指示を出す。

「そこに座りなさい」

「は、はい……」

ここで反抗する必要はない。ソレイユはゆっくりとソファに腰をかけた。

(恥ずかしい……自意識過剰だわ……最初から手の治療をするために連れてこられたのに)

箱の中は細かく仕切られており、そこには包帯や小瓶がいくつも入っていた。

「手のひらを見せなさい」

そう命じられ、おずおずと手を開く。血が皮膚にこびりつき、小さな傷の表面はもう乾きかけていた。

「大丈夫みたいです。だから……」

手を引っ込めようとすると、彼の大きな手がソレイユの手首をがっしりと掴む。そのままエルネストは、ソレイユの目の前で膝をついた。そして彼女の手のひらをじっくりとのぞき込む。

「駄目だ。消毒して手当てをしないと傷痕が残る」

ソレイユは国王が自分の前で膝を折ったことに驚き、固まってしまう。

だが当のエルネストは気にした様子もなく、しっかりとソレイユの手首を掴んだまま、傷口を確認している。

「ガラスの破片は入っておらぬようだな。消毒して薬を塗っておこう」

「あ、あの……」

「なんだ。痛いのは嫌とか言われても困るぞ。消毒薬は、どれもしみるものだ」

「そうではございません。私、自分でできます。国王陛下のお手を煩わせるなんて……」

「そなたは自分の利き手を器用に治療できるのか？　意地を張らずに、大人しく座っていなさい」

エルネストはいったん手を離すと、ガーゼとピンセットを取り出した。消毒薬にガーゼを浸し、ピンセットで摘まんで傷口に当ててくる。チリッとした痛みを感じたが、すぐに軟膏を塗られ、器用に包帯を巻かれた。

本来なら、誰かひとを呼んでやらせるものだと思うが、なぜ国王陛下自らソレイユの治療をしてくれるのだろう。

ほどけないよう、包帯留めの金具も取り付けられた。割と手慣れているようだから、もっと不思議に思ってしまう。

彼は立ち上がって、木の箱を引き出しの中に戻した。それからソレイユに向かって言う。

「汚れた服を着替えるがいい。何か替えの服を用意させる」

「結構です」

間髪をいれず答えると、エルネストの眉間に皺が寄る。怒り出すかと思ったが、彼は喉をくくっと鳴らして笑い始めた。

「そなたは本当に気が強い」

「可愛げがないと自分でも理解しております。手当てしていただき、誠にありがとうございました」

「可愛げがない？　いいや、私はそう思わぬ」

押し問答は面倒だ。それに彼にどう思われようと、ソレイユにはどうでもいいことだった。

ソレイユはソファから立ち上がると、エルネストに向かって一礼する。

「私、帰らせていただきます」

エルネストは無言で腕を組み、興味深そうな顔でソレイユをまじまじと見つめた。

「帰らせぬ」

「え？」

「そなたの両親には、行儀見習いのためしばらく王城に滞在させると伝えておいた。そなたと入れ替わりに使者を行かせ、了解の返事ももらっている」

「行儀見習い？　それは、どういう……」

「明日以降、私とともに行動してもらう。学ぶことなら山ほどある。のんびりはできぬぞ」

明日以降も、上位貴族の意地悪連中におもちゃにされろという意味か。

「特にそなたの母は、そなたが男装することを快く思っていないようだ。女らしくなるまで行儀見習いをさせてやってほしいと頼まれたぞ」

大事な娘が上位貴族の連中に虐められるとも知らず、そんなことを頼んだのか？　母の能天気さに、愕然としてしまう。

そんなソレイユに、エルネストがゆっくりと近づいてきた。

広い肩、厚い胸、長く筋肉質な両腕に視線が行き、ソレイユの身がビクッと竦む。

彼の部屋でふたりきり。もしここで襲われても、抵抗する術がない。

もう怖くて怖くて、ソレイユは両手で自分の身体を抱きしめた。

その様子が、彼の目にどう映ったのか。エルネストはそれ以上近づいてくることはなかった。

小さく震えながらも、ソレイユは精一杯の虚勢を張る。

「……私は、あなたの取り巻きのひとたちとは違います」

「承知している」

「媚びへつらってほしいなら、彼女たちにしてもらってください」

「そなたに、そんなものは求めていない」

「じゃあ……」

何を求めているのですか？　と問う前に、エルネストがははっと笑った。

「今日のそなたは、まったくらしくなかったな」

「え……？」

「ヴィオレーヌたちの陰湿な虐めに対し、尻尾を巻いて逃げ出そうとしていた。実にそなたらしくない」

その光景を、エルネストは楽しそうに見ていたではないか。

……と考えたところで、少し視点を変える。

もしかしたらエルネストは楽しんでいたのではなく、客観的な立ち位置で見ていたのではないだろうか。

その証拠に、エルネストはソレイユを蔑んだり小馬鹿にしたりはしなかった。

とはいえ、積極的に助けてくれなかったのも事実。その時点で、ソレイユにとっては立派な加害者だ。

「大きなお世話です。国王陛下からすれば、さぞかし楽しい見世物だったでしょうね」

「それほど楽しくはなかったぞ。何しろそなたは私に肘鉄を食らわせるくらい気丈な娘だ。もっと彼女たちとやり合うと思っていた」

国王主催の晩餐会で傍若無人な真似をしては不敬にあたると思ったから、なんとか耐えたというのに。

「やり合ってよかったんですか？」

「当然だ。あのような嫌味くらい、蹴散らせばよかったのだ」

晩餐会をめちゃくちゃにしたことを咎められないどころか、もっとやってもよかったとは。それを主催者のエルネストが口にしていいのだろうか。

「できるわけがないじゃないですか。こっちは爵位が低いだけじゃなく、孤立無援なんですよ。あ……でも……」

ひとりだけ助けてくれたひとがいる。穏やかな笑みを浮かべた、銀髪の救世主。

「王弟殿下だけは、私を助けてくださいましたけどね」

そう言った途端、エルネストの目が剣呑に光った。それに気づかず、ソレイユは囁くように本音を漏らす。

「素敵なかたです……ジェレミー殿下……」

優しくて気高いあのかたは、三年前の救世主に違いない。それを確認したかったのに、気恥ずかしくてうまく訊けなかった。次に会えたら、そのときは絶対に訊いてみよう。

そんなことを考えていると、エルネストの低い声がソレイユの鼓膜を震わせた。

「私を煽る気か」

意味がわからず、そのまま聞き返す。

「煽る？」

「挑発しているのだろう。私の前でほかの男を褒めるとはな」

ソレイユは挑発しているわけではなく、単に事実を口にしただけだ。

「意味がわかりません。ジェレミー殿下は私を助けてくださったから……」

「そなたは、もっと男を見る目を養うべきだ」

頭ごなしにそう言われ、ソレイユは面倒になってくる。不敬とわかっていながら、彼の顔から目線を逸らし、こう言い切った。

「私の目は正常です。もう失礼してもいいでしょうか。行儀見習いの件はお断り申し上げます」

「駄目だ。しばらく王城暮らしだと言っただろう。立派な淑女になるまで出られん」

彼の言う立派な淑女とはなんなのか。小娘を集団で虐める連中のことか？　ヴィオレーヌのような女性が淑女なのか？　冗談ではない。あんな連中と慣れ合うつもりはない。

「勝手なことを言わないでください。立派な淑女でなくても、私自身は何も困っていません」

「ほう？　やけに自信ありげだな。だがそのままでは結婚もままならないだろう？　ご両親が悲しむぞ」

「私は結婚なんてしません！　男のひとなんて大嫌いだもの」

むきになって言い返すソレイユに、エルネストは憐れむような表情を浮かべた。

「一生、恋のひとつもせずに生きていくつもりか？」

「私は恋なんかよりも、経営の勉強や剣術の稽古のほうが好きです。結婚だってするつもりはありません。男のひとなんて、大半は暴力的で自分勝手で、力で女性を屈服させようとするだけの生き物ではないですか」

ソレイユがそう言うと、エルネストは呆れた面持ちで息を吐いた。

「そなたは何もわかっていないのだな」

何がわかっていないというのだろう。三年前の連中といい、デビュタントパーティでの酔っ払いといい、男には失望させられてばかりだ。ソレイユの持論に間違いはない。

「男がみな、そのように衝動的な輩ばかりなわけがなかろう。たまたま、そなたがそのような男に当たってしまっただけだ。考えを変えたほうがいい」

そう主張するエルネスト自身も、酔っ払いから助けてくれたようなふりをして、キスを仕掛けてきたではないか。

「それはどうでしょうか」

頑ななソレイユをエルネストはどう思ったのか。彼は背後に立つと、ソレイユの耳元で低く囁く。

「そなたの凝り固まった心を少しずつほぐしてやろうと思っていたが、気が変わった。私が間違った価値観を上書きし、女としての悦びを教えてやろう。ここで、今すぐにだ」

「大きなお世話……って、ええっ!?」

振り向いたソレイユの唇に、エルネストの男らしい唇が近づいてくる。さらに彼の筋肉質な腕が伸びてきて、驚いて逃げようとするソレイユの身体を背後からしっかりと抱きしめた。

（キスされる……？ やっ……！）

顔を背けようとすると、節くれ立った指に顎を掴まれ、上向かされる。

すぐに、ちゅっ……と小鳥が囀るような可愛い音を立ててキスをされた。

「は、放しっ……」

月の光を集めて紡いだような銀の髪がはらりと落ち、ソレイユの頬を掠めていく。

高い鼻梁に、男らしいしっかりとした顎。目は宝石のように美しく輝いている。あまりに整った顔を間近で見てしまい、心臓がドクンと跳ね上がった。

彼の魅力ある目に射抜かれ、意識が遠のきそうになる。抵抗しないといけないとわかっているのに、心が吸い込まれそうだ。

エルネストは、目を見開いたまま固まってしまったソレイユの唇に、何度も何度も唇を重ねた。

「ふ……ふぁ……」

エルネストは啄むような可愛いキスを繰り返し、そのうち舌先で唇を舐め始める。濡れた厚ぼったい唇を左右に動かしたあと、また軽いキスを何度もしてきた。

そんなキスを繰り返されたら、ソレイユは腰から下に力が入らなくなってしまう。

「やめ……んんっ……」

逞しい二の腕でしっかりと抱かれる。

それでも抵抗したくて、手のひらを彼の厚みのある胸板に置き、ぐっと押し返そうとした。しかし、びくともしない。それどころか、ますますぴったりと密着してくる。

類まれなる美貌と、優雅な所作。一見、自ら剣を振るうことなどなさそうな優男なのに、どうしてこんなに鍛えられた身体をしているのだろう。

なんてことを考えているうちに、彼の舌は唇を舐めるだけにとどまらず、口腔内に忍び込んできた。

「ふわっ……ぁっ……んんっ……」

懸命にもがくが、どうにもこうにも彼の腕をほどけない。

そうしているうちに、エルネストの舌は口腔内を縦横無尽に動きまくる。舌先で頬の裏や唇の裏、歯茎をくすぐったり、ヌルヌル舐めたりといった動きを繰り返した。

エルネストのキスはやけに甘くて、ねっとりとしていて執拗だ。キスとはこんなにしつこいものなのだろうか。

滑る舌先が、強引にソレイユの歯列を割ろうとした。これ以上先に踏み込まれたら、もう呼吸すらできなくなる。

「ふっ……ぁあ……っ……んんっ……」

すでに息も絶え絶えで、彼の唇によって口を塞がれているせいか、うまく空気を吸えない。鼻で息を吸うことすらできなかった。

口内いっぱいに唾液が溢れ、口の端からだらだらと流れ出てしまう。

「ふっ……ぁ……あ……んんっ……」

激しすぎる口づけに身体が持たない。

ガクガクと下肢の力が抜け、崩れ落ちそうになったところを、彼の力強い腕に支えられる。

エルネストはソレイユに覆いかぶさるような体勢をとると、もっと激しく口腔を嬲ってきた。

クチュクチュと卑猥な水音が響き、羞恥でどうしていいのかわからなくなる。

激しく舌先をこね回し、口蓋や舌の裏まで舐められ、あろうことか、溢れる唾液までじゅるじゅると啜られた。そんなことをされたら、脳芯がクラクラしてしまう。

がくりと手足を弛緩させて、彼の腕に身体を預けると、ゆっくりと唇が離れていく。

「ふわっ……ぁ……ぁあっ……」

お互いの間にキラキラと唾液の糸が渡り、彼が舌でそれを絡めとる。

その赤い舌が淫靡で、胸の奥がキュンと締めつけられた。

「どうだ。私との口づけは」

「ふぁ……ぁ……」

どうと聞かれても何も返せない。しつこくて、ねちっこくて、いやらしくて。下肢から力が抜けてしまったと答えたら、彼はどんな顔をするだろうか。

「よかったようだな。蕩けるような顔をしている」

その言葉にも羞恥を感じたソレイユは、彼の腕の中で懸命にもがいた。

「はっ……放して……くだ……さ……」

「強情だな。気持ちよさそうな顔をしているのに、なぜそこまで私を拒む」

エルネストだから拒むというわけではない。これまでも、若い男性からは距離を取ってきた。

彼はソレイユを優しい目で見つめると、蕩けるような甘い笑みを浮かべた。

心臓がドクンと高鳴る。怖いはずなのに、苦手なはずなのに。エルネストの唇が頬を掠めると、恐怖より羞恥が先に来る。

彼は何回もソレイユの右頬に口づけした。それから左頬にも口づける。

「ふぁっ……」

ちゅっちゅっと可愛い音が何度もし、ソレイユはくすぐったくて甘い息を鼻から漏らす。

何も言えずにいると、エルネストがソレイユの身体を横向きに抱き上げた。

「お、下ろして……どうしてこんなことを……」

「腰が抜けたみたいだからな」

「あなたのキスのせいだって言いたいんですか？」

「当然だ」

どういう育ち方をしたら、こんな自尊心の塊みたいな人間になるのだろう。国王陛下だから、言わずもがなかもしれないが。

エルネストはソレイユを抱いたまま、大股で隣室へと向かう。そこには――

「ベッド……？」

ここはどうやら寝室のようで、大きなマホガニー製の天蓋付きベッドが中央に置かれていた。

エルネストはベッドに近づくと、そっとソレイユを下ろす。

広い天蓋付きベッドは重厚な造りをしていた。四方を太くどっしりとした支柱が支えており、蝶や花の彫り装飾が施されている。

天井は組木造りで、そこにも蝶や花、小鳥といった自然のモチーフがある。シルクのシーツは肌触りがよく、細やかな刺繍入りのクッションも置かれていた。

それがソレイユの身体をふわりと受け止めてくれるが、ソレイユはなぜ自分が寝かされたのか気になって仕方がない。

ギシ……と、ベッドが軋んだ。エルネストが片膝をベッドに乗せた音だ。

「へ……陛下？　何をなさる……おつもりですか」

「今から私とそなたは、特別な関係になる」

彼はこともなげにそう言うと、そっと手を伸ばして、ソレイユの伊達メガネを取り上げた。それをサイドテーブルに置き、焦るソレイユに艶やかな笑みを向ける。

「そなたは愛される悦びというものを知るべきだ」

「愛される……？　ど、どうやって……」

ソレイユには、その笑みがあまりに怖くて、ガクガクと震えることしかできない。

「そなたを甘やかし、大事にし、凝り固まった意識をトロトロに蕩けさせてあげよう。男の深い愛がどのようなものか、身をもって知りなさい」

「そ、それは……その、どういう意味……」

「心理的にも物理的にも、私の愛を受け止めてもらうという意味に決まっている」

「どうして……わ、私……に……」

エルネストの美貌が、ソレイユの目と鼻の先に来る。

再び口づけをされるのかと思ったが、彼はソレイユの青い目をのぞき込んできた。

「最初から言っているではないか。私はそなたが気に入ったと」

「気に入った……って……」

髪は地味な三つ編みで、化粧っ気なんてまったくなく、紅すらさしていないのに。服装だって黒ぶちメガネに、男物のシャツブラウスとスラックスだ。

そんなソレイユを気に入った？

貴婦人らしいことは一切やらず、淑女の嗜みだって知らない。

ダンスパーティにもサロンにも顔を出さず、日々やることと言えば剣技の練習に読書、そして経営学の勉強だけ。そんな面白みのない女の、どこがいいというのだろう。

もしかして、デビュタントパーティのときにソレイユを見かけていたのだろうか。あのドレス姿が通常のソレイユで、男装はちょっとしたおふざけだと思っているのかもしれない。

「デビュタントパーティの姿を気に入られたのですか？　あれは無理をしていたんです。本当は……」

「知っている」

知っている？　知っていて、こんな色気も何もない女を選ぶと言うのか？

エルネストはソレイユの腰を跨いで膝立ちした。その体勢に卑猥なムードを感じ、ソレイユは慌てて逃げようとする。ところが大きな手にしっかりと腰を持たれ、固定されてしまった。

「は、放して……」

「放せば自ら服でも脱いでくれるのか」

「そ、そんなわけが……」

「では放さぬ。私が脱がしてやろう」

「ちょっと……まっ……」

エルネストの手が、ソレイユのジュストコールのボタンを器用に外していった。

続いてシャツのボタンにも指をかけ、さっさと外していく。

「やめてっ……」

妙なことをされる前に、逃げなければならない。ソレイユは手を伸ばして、彼の艶やかな銀髪の隙間からのぞく形のいい耳を掴もうとした。

ところが、彼の動きのほうが速かった。瞬時に手首をパシッと掴まれる。

「二度も同じ手は食わん。あのときは不意を突かれたが、何度も私を出し抜けると思われたら困る」

振りほどけないほどの強い力に、男の怖さを見せつけられたようで、ソレイユのトラウマが蘇る。

男たちのギラギラしたいやらしい目が、ソレイユの身体を粘着質に見つめ、湿った手が身体をまさぐった。服をはぎ取られ、四肢を押さえ込まれ、身動きの取れない状況に追い込まれて——

思い出しただけでも、恐怖で身体と心が侵されていく。

「あっ……やっ……やだ……怖いっ……」

怯えるソレイユを見て、エルネストの手が止まる。彼は両腕を広げ、ソレイユの華奢な身体を抱きしめた。

「へ、陛下……」

ガクガクと震えるソレイユを、彼はぎゅっと強く抱く。

「エルネストと呼べ」

耳元でそっと低く囁かれ、背筋がゾワゾワとした。

「怖がるな。そなたは強い。力でそなたをねじ伏せようとする悪漢も、くだらぬ策で陥れようとする悪女も、どちらも蹴散らせる力がある」

「え……」

「そんなそなたが私にはとても愛おしく、守りたいと思えるのだ」

どういう意味かと問う前に、彼は鮮やかな笑みでソレイユを見つめてくる。すると心臓がドクンと激しく動いた。

(このひとは、私の何を知っているというの……？)

「私は、そなたに害をなしてきた男たちとは違う。暴力ではなく、愛でそなたを抱く」

「あ、愛……？」

(愛って……私を……？　どうして……)

そのソレイユの疑問は、すぐさまどこかに押しやられた。

エルネストの手が、はだけられたシャツの中に侵入してきたからだ。

「もうちょっと色気のある下着を着用せぬか。これでは、いまいち視覚的に燃えん」

腰を細く見せたいわけでもなく、色気を演出したいわけでもないソレイユには、窮屈なコルセットもセクシーな下着も必要ない。

普段から、コットン素材の地味な胸当てとドロワーズ下着を着用していた。

小さな花柄の刺繍（ししゅう）が入った可愛らしいものだが、大人の色気とかセクシーさなんて欠片もない。

ただ動きやすくて汗を吸収しやすくて乾きやすいという、機能性重視の下着だ。

エルネストが下着の上から胸に触れ、ささやかな乳房の質量を確かめるように上下に揺らし始めた。

その感触に、ソレイユの背筋が粟立（あわだ）ち、腰に力が入らなくなる。

「やっ……触らないで」

「駄目だ。私は三年前から待っていたのだ。逃げられると思わないでもらおうか」

「さ、三年前!?」

どこかで三年前というキーワードを耳にしたような気がする。

「十八歳になった貴族の子息子女は……全員、王家主催のデビュタントパーティに出るようにと取り決められたのが確か……三年前……」

エルネストがニヤリと笑う。

「そうだ。そなたのことが気にかかっていたが、身元を知る術がなくてな。だから、そのような法律に変えたのだ。根気強いだろう？」

「根気強いんですか？　それ……」

エルネストは三十二歳と聞いたような気がする。三年前ということは、当時二十九歳。二十九歳の男性が、十五歳の女の子を気に入って三年も待っていた？

確かにその頃は、積極的にパーティやサロンに出席していた。だが、どれも規模の小さいものだったし、そんなところに国王陛下が現れたなんて記憶は一切ない。どこで彼に出会っていたというのだろう。

いや、出会っていたはずがない。きっとソレイユを口説くための方便で、本当はデビュタントパーティで見初めたに違いない。

「毎年デビュタントパーティを開催しては、十八歳になりたての初々しくピチピチした生娘を物色しているという噂は本当だったのね……」

「物色？　失礼だな。私はここ三年の間、ずっとそなただけを探していた。まったく、どこのパーティでも姿を見かけなかったから心配したぞ。そなたの父上はやり手だな。彼はなるべく娘のことを外部に知られないようにしていた。まさかその理由が、男勝りで男装を好むからだとまでは読めなかったがな」

からかうような口調にむっとするが、今は口論している場合ではない。

この状況から逃れるべく、ソレイユは彼を説得しようと試みる。

「陛下はロリ……いえ、少女がお好きなのですね。今の私は当時と変わらず貧乳ですけど、今後胸は大きくなるだろうし……」

「貧乳？　いや？　ちょうどよい大きさだぞ。それに少女が好きというわけではない」

そう言って、大きな手のひらで胸を揉みしだいてきた。恥ずかしくて怖くて、もう身動きも取れない。

「会って無事を確認するだけでいいと思っていたのだが、あまりにそなたが可愛らしいので、私のものにしたいという欲望が湧き上がっただけだ」

「可愛らしい⁉　私のどこがっ……」

「私に肘鉄（ひじてつ）を食らわせたり、男装で現れたり……そなたはまったく行動が読めん。面白くて堪らんな」

エルネストにとって、面白いと可愛いは一緒なのかもしれない。それにしても少々趣味が悪すぎではなかろうか。

「誰からも相手にされない男装令嬢がいいなんて……」

「男たちの見る目がなくてありがたいといったところか。こんなに可愛いソレイユを……」

エルネストがそう言いながらソレイユの両胸の間に顔を埋める。

「寄ってたかって虐めるとは、本当に見る目がない」

「は……？」

愕然とするソレイユに向かって、エルネストは悪魔のような美しい微笑を浮かべ、楽しそうにこう言った。

「そなたが私を求めるまで、とことん抱いてやる。毎夜、情熱的にな。楽しみにしていてくれ。私の愛しいソレイユ」

毎夜、情熱的に抱く？　彼は冗談を言っているのか。いや、おそらく本気だ。

その証拠に、大きな手をソレイユの背に回し、ジュストコールをするりと脱がせてしまう。

スラックスのホックに手を伸ばされ、さすがに慌てて身を捩る。しかし下肢を押さえられているので、結局ベッドの上からは逃げ出せない。

彼は体重をかけないようにしてくれているが、ソレイユの太ももあたりを膝で挟んで押さえつけている。

抜け出せそうで抜け出せない。そんな状況でウエストのホックを弄られ、もうどうしていいのかわからなくなる。

「陛下、お戯れがすぎます。わ、私など……愛人にするには不向きな女です」

「愛人？　まさか。妃にしてやる」

「妃!?」

「愛人が嫌なら妃になるしかなかろう。ソレイユのほうから申し出てくれて私は嬉しいぞ」

「申し出てなんか……」

エルネストはソレイユの訴えを受けつけない。というより言葉遊びで翻弄し、振り回しているようにも思える。

ソレイユが困り果てていると、その隙にスラックスとドロワーズを膝まで下ろされてしまった。

「きゃっ……だ、駄目っ……！」

慌てて手を伸ばすが、すでに遅かった。

彼の手はシャツの残りのボタンにかかり、いくら身を捩っても脱がされていく。

「勝手に私だけ脱がさないでっ……」

「ほう？　では私も脱げばいいのだな」

エルネストは着ているシャツのボタンを手早く外すと、ばさりと脱ぎ捨てベッドの下に落とした。

見事な体躯が惜しげもなく曝け出され、ソレイユの視線は無意識に吸い寄せられてしまう。

広い肩幅に厚みのある胸板。脇から腰にかけてはキュッと引き締まっており、綺麗な腰骨が浮かんでいる。

腹部の筋肉はくっきりと六つに分かれており、それがとてつもない色気を醸し出していた。

なんという男性美だろう。名のある彫刻家が彫り出した、神話の男神のようだ。

美しい身体に見惚れていると、彼の手が容赦なく伸び、ソレイユの下着にかかる。

「あっ……」

エルネストは胸当てをずらして勢いよく脱がせ、次いでスラックスをするりと足から抜いた。

「いやぁっ！」

一糸まとわぬ姿にされたソレイユは、両腕で胸を庇（かば）い、膝（ひざ）を折り曲げて柔らかな茂みを隠そうとする。だがエルネストはすぐさまソレイユの身体にのしかかり、両手首を掴んでリネンのシーツに押さえつけてしまった。

ふるふると震える乳房を晒すことになり、ソレイユは涙目になってしまう。

「うっ……」

恥ずかしさより怖さが先に立つ。男のひとに力ずくで好き勝手されるのが、恐ろしくて堪らない。

女だから、非力だからといって、個人の意思を無視して性欲や凌辱の対象として扱おうとする。

エルネストも、そんなクズ連中と一緒だ。ソレイユを辱めて悦に入る気なのだろう。

こんな奴に処女を奪われるなんて嫌だ。

でも逃げ出せない。屈強な力に抗えない。だから覚悟を決めて、瞼をぎゅっと閉じた。

目に溜まっていた涙が、熱い雫となって頬を伝う。

そのとき、ソレイユの頬を何かがヌルリと滑った。

「……っ？」

くすぐったくて、うっすらと目を開ける。するとエルネストがソレイユの流す涙を、舌で舐め取っていた。

「へ……陛下……？」

「エルネストと呼べ」

「そんなの無理っ……、やっ、やだぁ……」

彼の舌が、必死の抵抗を示すソレイユの耳朶や首筋を、ヌルヌルと舐め上げてくる。驚いて逃れようとするが、彼の逞しい身体が邪魔をした。

そのまま鎖骨や耳の下を舌でピチャピチャと舐められる。

「やんっ……やっ……ゃ……ひゃっ……くすぐった……」

くすぐったいのはエルネストの厚ぼったくて生温かい舌だけではない。

はらりと落ちた彼の銀髪が、敏感になった首筋を掠めてくる。まるで柔らかな羽先に撫でられているかのようで、ビクビクと感じてしまった。

「やんっ……やっ……やだっ……ひゃんっ！」

「名を呼べば許してやらないこともない」

「そんっ……なっ……」

躊躇するソレイユの耳に、エルネストがヌチュヌチュと舌を差し入れる。水音が鼓膜のすぐ近くで響き、もう全身が粟立って仕方がない。

「エル……エルネスト様……っ！　よ、呼びました、だから……」

「様はいらぬ」

顎の下に強く吸いつかれ、チクッとした痛みが走る。そこをヌルヌルと舌が上下して、痛みとくすぐったさがないまぜになっていく。

「だって国王陛下なのに……」

「ベッドの中では、ただの男と女だ」

そう言うと、彼の舌はつつーっと胸元へと下りていき、右の乳房を舐め始めた。

舌でヌルヌルと舐め回したあと、そのまま先端の尖りを口に含む。

「ひゃんっ……！」

「やめてだの、嫌だのとうるさいわりに、ここはこんなに硬くなっているではないか」

エルネストが唇を左右にスリスリと動かしながら辱めてくる。

「言わな……い……で、あんっ……いっ……！」

敏感な部分が擦れる感触に、羞恥にまみれた喘ぎが喉元までこみ上げてくる。

懸命にそれを呑み込むが、彼が舌先で半勃ちの乳首を転がしてくるので我慢できない。

「ひゃっ……んっ……！」

小刻みに舌を上下させたり、唇でキュッと挟んでみたり。そんないやらしい動きを繰り返されたら、ソレイユの胸に妙な痺れが湧き上がってくる。それが快感となって四肢に行きわたり、ソレイユを甘く苛んでいった。

「やっ……やめっ……もうやっ……」

「名を呼べば許してやるのに、いつまでも強情を張って呼ばぬからだ」

呼び捨てにすれば、この甘美な責め苦から逃れられるのだろうか。この耐えがたき快楽から……

「エル……ネ、スト……」

「もっとはっきり呼んでくれ」

エルネストが催促するように、硬くしこった乳首を甘噛みする。敏感な部分を歯で押し潰され、背が弓なりに反ってしまった。

「ぁあっ……んっ……エ、エルネストッ……」

「もう一度」

「エルネスト……」

「いい子だ。ソレイユ」

彼は優しい声色でそう呟くと、褒美を与えるように何回も唇にキスをした。

頬を湿らせる涙を再び舐め上げ、目尻に溜まった熱い雫（しずく）すら吸い上げる。もうソレイユは、身体の力が抜けきってグズグズだ。

エルネストはソレイユの手首から手を離すと、自分の下で肌を紅く上気させる彼女の身体を、しっかりと凝視した。

ちゃんと名前で呼んだのだ。やっと解放される。そう思ったのに――

「今からそなたの身体をもっと可愛がってやるから、私の名を呼んで、快感を素直に表したまえ」

「え？　も、もう……終わりじゃ……」

「これで終われるか。私の滾(たぎ)った欲望がおさまらん」

彼はそう言うと、ソレイユの太ももあたりに下腹部を押しつけてくる。

熱くて硬い欲望が擦りつけられると、言いようのない恐怖がこみ上げてきた。

「やだ……っ……怖いっ……男のひと、怖い……」

虚勢すら張れなくなってしまったソレイユは、弱々しい声でそう漏らす。

それは紛れもない本心からの声で、これ以上のことをされるのが恐ろしくて堪らない。

だがエルネストはソレイユを解放してくれなかった。ますます下腹部を擦りつけて、男の欲望を主張してくる。

「私のものになればいい。私ならば守ってやれる」

国王陛下という地位ならば、その絶大な権力を行使して、ほかの男をソレイユの近くに寄せつけないことも可能なのだろう。

でもたったひとりの女のためだけに地位を利用し、権力を振りかざす男はもっと好きじゃない。

そう思ったのに、彼の熱情にまみれた言葉に重みを感じてしまう。

「そなたに害をなすすべてのものを、私の剣で薙ぎ払ってやる」

「剣……」

なぜだろう。傲慢ともとれる彼の言葉に不思議な説得力を感じる。エルネストが権力ではなく、自らの手で剣を振るってソレイユを助けてくれるように思えたのだ。

過呼吸寸前というくらい荒かった息が、徐々に落ち着いてくる。

エルネストは艶やかな笑みを浮かべて、ソレイユの下腹部にそっと指を触れた。そこから微弱な痺れが発生し、身体がビクッと震える。

「怖がるな。そなたをトロトロに蕩けさせるまで愛撫するのだからな」

トロトロに蕩ける愛撫というのがまったく想像できない。怯えるソレイユに、彼が優しい笑みを向けてくる。

「自ら足を開いて、私に挿れてくれとおねだりするまで、感じる部分を指で弄り回し、舌で舐めまくってやる」

艶やかな表情で恐ろしいことを言ってのける彼が、心底怖い。だが身体に力が入らず、逃げることも、叫ぶこともできなかった。

節くれ立った指が柔らかな繊毛をかき分け、茂みの奥を探る。ソレイユの意に反して、そこはしっとりと濡れていた。ヌチュリと濡れた音がして、思わず声を出してしまう。

「あっ……」

「濡れているな」

「い、言わないで……」

エルネストのねっとりとした口づけと、いやらしい胸への愛撫で感じてしまったのだ。そう気がついたソレイユは、恥ずかしくて堪らない。

何をされるかわからない不安に身を強張らせていると、彼の長い指が媚肉を擦り始めた。

秘裂に指の腹を擦りつけられ、ビクビクと意識せず腰を動かしてしまう。

指をどけてほしくて、ソレイユは腰を揺らした。それがエルネストの目には、もっと弄ってほしいとねだっているように見えるとも知らずに。

「ああっ……駄目、さわっちゃ……っや……」

このじれったさをどうにかしてほしいという気持ちと、やめてほしいという気持ちがせめぎ合い、身体がビクビクと引きつってしまう。

耳まで真っ赤に染めて、必死で快感に耐えるソレイユ。そんな彼女が愛らしくて堪らないとばかりに、エルネストは首筋や胸に口づけていった。

尖った乳首を唇でつままれ、下腹の奥がキュンとする。

「ふぁっ……ああんっ……んんっ……」

淫らな喘ぎが喉から漏れる。恥ずかしくて手の甲で口を塞ごうとしたら、エルネストに手首を掴まれ、阻まれてしまった。

「心の赴くままに声を上げなさい」

彼は甘く囁くと、厚みのある唇で赤く染まった耳朶を撫で、カリッと甘噛みした。

「ひゃっ……んっ……」

むず痒いような痛みに、腰がビクンと跳ねる。トクッという音を立てて、蜜口から熱いものが溢れるのを感じた。

むせかえるほど甘い愛蜜の匂いに、羞恥で唇をキュッと噛む。すると頑なソレイユの心を開くように、彼が舌でペロリとそこを舐め上げた。

「感じたまま声を上げればいいと言っているのに。困ったものだ、私のソレイユは」

いつ、あなたのソレイユになったの？　なんて返す余裕は欠片もない。

彼の指が、罰だとでも言うように、茂みの奥に潜む淫唇を弄る。

「やっ……っ……だ、めっ……」

足を閉じたいのに閉じられない。彼の筋肉質な腕と大きな手を、太ももで挟み込んでしまうだけだ。

恥ずかしい場所を指で弄られ、淫らな喘ぎが堪えきれなくなる。そこが湿っているのが自分でもわかって、羞恥で首を左右に振る。

「気持ちいいだろう？」

「やっ……よくないっ……！」

ソレイユは湧き上がる快感で泣きそうになっているというのに、愉悦を与えてくる張本人は余裕の笑みを浮かべている。

「そう強情になってくれるな。濡らさないと私のモノが挿入らぬのだから」

彼は右手でソレイユの陰部を探りながら、左手で膝をぐっと折り曲げた。

膝が胸に当たりそうなぐらい持ち上げられ、秘所が彼の目に晒される。

「やっ……！　見ないでっ……！」

グチャグチャに濡れたその場所を見られたくない。それなのに、彼はお構いなしといった様子でソレイユの両足を広げてしまう。

ヌチュっといやらしい音を立て肉襞が開かれ、濡れそぼった場所に冷たい空気が触れる。

羞恥(しゅうち)と物恐ろしさに、ソレイユはひゅっと息を呑んだ。

エルネストはねっとりとした愛蜜を指に絡ませ、ヌルヌルと媚肉に擦りつけたり、花芯を指で押し潰したりと、秘所を器用に弄ってくる。

指先でクリクリと小さく弧を描かれて、ソレイユの腰がビクビクと震えた。

「はぁっ……んんっ……ぁあっ……」

「これは気持ちいいか？」

「やっ……よ……っ……」

よくないから、やめてほしい。そう声を出そうとするたび、彼の指がぐっぐっと刺激を与えてくる。

わざと否定の言葉を言わせないようにしていると気づき、ソレイユは下肢をくねらせて抵抗を示した。

しかしエルネストには、それもまたよがっているようにしか見えないらしい。

「正直ではないな。こんなに感じているのに」

彼は笑いながら、指で秘裂の奥を弄ってくる。

「あっ……も、う……っ……やっ……ぁ……やめ……」

白くすべすべとした喉元を晒し、甘い声で訴える。すると彼は上機嫌で指を激しく動かし始めた。

「もっと欲しいのか。待っていろ」

ぷっくりと勃ち上がった肉芽をグリッと強く押され、ヒクヒクと四肢を震わせる。

「あっ……ああっ……んんっ……！」

もう声を抑えてなんかいられない。経験したことのない愉悦に、身体も意識もグズグズに蕩けてしまう。

エルネストは指を膣口まで滑らせる。指先にぬめった蜜をたっぷりと絡め、ゆっくりと押し込んだ。

「ひっ……」

得体の知れない圧迫感で、ソレイユの口から小さな悲鳴が漏れる。

彼は開かれた両足の間に顔を入れ、そこをじっくりと眺め始めた。

「いい感じに濡れているな。しかし、まだ蕾は固いようだ。少々緩ませないと私自身を挿入できん」

そう言って彼は、ソレイユの理解をはるかに超えた行動をとった。

「なっ……！　やっ……！」

秀麗な顔をソレイユの秘所に近づけ、赤い舌でヌルリと媚肉を舐め上げる。

「ひゃぁっ……ぁんっ……！」

唾液に濡れた肉厚な舌が、ヌチュヌチュと卑猥な音を立てて陰部を舐めしゃぶった。

もうソレイユは、自分が何をされているのかわからない。

国王陛下が両足の間に顔を埋め、そこを美味しそうに舐めるだなんて。信じられない。

こんなことあり得ない。夢だとしても、ひどい夢だ。

しかし鼓膜に届くヌチュ、グチュ、という音が、この事態が現実であることを物語っていた。

「ぁあっ……ぁあ……ぁあっ……」

エルネストの舌が器用に媚肉を開く。奥に隠れていた肉芽を舌先でぐにぐにと押し潰され、ソレイユの腰に痺れるような快感が走った。

「ひゃあっ……ぁあんっ……」

全身の力が抜けそうなほど強烈な快感に、濡れた媚肉がふるふると揺れる。

すると彼の長くてぬめった舌が、容赦なく秘裂を攻め始めた。小刻みに舌先を動かし、赤く充血した肉芽をくすぐったり、媚肉を舐め上げたりを繰り返す。

「はぁっ……ぁっ……あんっ……」

これまで経験したことのない愉悦に、身体の奥底から何かが湧き上がってくる。

ピシャッ……と水が噴き出すような音がした。

「あっ……」

粗相をしてしまったと思い、ソレイユは恥ずかしくて足を閉じようとした。

だが開かれた両足の間に、エルネストの逞しい身体が入り込んでいる。彼はソレイユの内ももをしっかりと押さえつけ、腰を抱え込むようにしていた。

媚肉を伝って内ももを濡らす愛蜜を、エルネストが舌と指ですくって蜜口に塗りつける。

もう、こんな辱めには耐えられない。ヴィオレーヌたちの虐めのほうがまだましだ。

「うっ……ふうっ……」

ソレイユが思わず泣き出すと、それに気がついたエルネストが少しだけ顔を上げる。

彼の口周りは唾液と愛蜜に濡れ、テラテラと光っていた。美貌の男が見せる淫らな姿に、ソレイユの下腹の奥がキュンとする。

なぜかはわからないが、それだけで再び秘所から水が噴き出してしまう。

「ふぁっ……んんっ……うっ……うぅっ……」

「泣くほど嫌か？　手荒な真似はしていないつもりだが」

「だって……」

エルネストが問うような顔で首を傾げる。

「言ってみなさい」

ソレイユは羞恥に首を竦め、呟くように心境を漏らした。

「私、漏らしてしまったみたい……子供みたいで……恥ずかしい……」

それを聞いたエルネストが、声を上げて笑う。

「はっ……はは……これは……なんという純粋で無垢な令嬢だ」

「笑いごとじゃありません……わ、私、国王陛下のベッドを濡らして……」

噴き出した水はソレイユの内ももから臀部、シーツまでをもびっしょりと濡らしてしまっていた。この歳になって漏らすなんて、泣き出す以外どうしろというのか。

エルネストは上体を起こすと、しゃくり上げるソレイユを見下ろす。

「エルネストと呼べと言っただろう。罰が欲しいのか」

「罰？　い、いや……ちゃんと呼びます。エ、エルネスト……？」

「なぜ疑問形なんだ。愛するエルネストと呼べ」

ソレイユのほうが聞きたい。なぜ『愛する』なんて言葉をつけなければならないのか。

でも、そんな憎まれ口を叩く余裕はどこにもない。

目に涙を浮かべて嗚咽を漏らすソレイユを、エルネストが心底愛おしいものでも見るかのように笑う。

「私の舌と指でそこまで感じてくれるとは、可愛すぎて仕方がないな。愛しいソレイユ。そろそろ私の熱を受け入れてもらおう」

「え……？」

エルネストは膝立ちになると、トラウザーズのホックを外した。そして下穿きの奥から、恐ろしいまでに怒張した男性器を取り出す。

「ひっ……」

初めて目にする男の象徴に、ソレイユの口から声が漏れる。

太くて長くて硬そうなそれは、生々しい形をしていた。根元からくびれのところまで隆々とした血脈が浮いている。

先端だけ綺麗なピンク色で、一筋の裂け目が入っていた。そこから透明な液がうっすらと滲んでいる。

ソレイユは驚きのあまり何も言えず、ただそれのみを凝視してしまう。

それをどう勘違いしたのか、彼は驚くようなことを言った。

「舐めてくれてもいいのだぞ」

「……えっ……」

こんなに太くて長いモノ、どうやって舐めるというのだろう。

それに排泄器官ではないか。そんなところを舐めるなんて不衛生としか思えない。

だが、彼はソレイユの秘所を舐めまくっていた。もしかしたら男女のことに疎いソレイユが知らないだけで、これを舐めるのは普通のことなのかもしれない。

しかし愛している相手の性器ならまだしも、強引に処女を奪おうとしている相手の凶器を口に含むのには抵抗を感じてしまう。

ソレイユは小さく震えて、頭をブルブルと左右に振る。その様子を目にしてエルネストが苦笑した。

「まあよい。そのうち、そなたから求めてくれるだろう。本当は舐めてくれたほうが滑りもよくなるし、そなたに苦しい思いをさせずにすむのだが、嫌なものは仕方がない」

ソレイユのほうから、エルネストの男性器を求める？

そんなことあり得ないだろうと考えていたら、彼の股間がソレイユの秘所に密着した。

「あっ……」

エルネストは男性器の根元を持ち、亀頭の先端でソレイユの媚肉を上下に擦った。

すでに開かれた花びらの中央にある、ぷっくりした肉芽をぐにぐにと押されて、妙な快感が腰から駆け上がってくる。

「んんっ……」

意識せず鼻から甘い声が漏れる。そこを弄られると、途端に力が抜けてしまうのだ。それを知ってか知らずか、エルネストは何食わぬ顔でソレイユの割れ目を肉棒の先端で嬲った。

「だ、駄目、やだ……」

痴態を晒すのが怖くて、身体をずり上げようとする。しかし腰をがっちりと掴まれ、固定されてしまった。

「逃げたら挿入らないではないか」

「挿入らないって……ど、どこに……挿れるの……？」

「何を今さら。私のこれを、そなたの感じる場所に挿入するに決まっているだろう」

そう言われても、わからないものはわからない。

男女の営みを知識としてしか知らないソレイユには、滾った肉棒がどの部分にねじ込まれてくるのか、具体的に想像できなかった。

そんなソレイユを、エルネストは困った顔で見返す。

「実践すればわかる。身体の力を抜いていなさい」

そう優しく言うと、股間をソレイユの両足の間にぴったりとくっつけた。亀頭の先端が、入口らしき場所をぐっと押す。

ピリッとした痛みに身体が強張る。けれど彼は構わず、ぐいぐいと腰を押しつけてきた。

狭い場所を開かれる感触に、ソレイユの秘所がピリピリと痛む。

「いっ……たいっ……やっ……離れてっ……」

「最初のうちだけだ」

亀頭の先端が、狭い場所をメリメリと押し開くようにして挿入り込んできた。

ソレイユの視界にチカチカと火花が散る。

「いっ……痛っ……！」

予想以上の痛みに、喉を晒してのけぞる。するとエルネストが噛みつくように、首筋に歯を立ててきた。

「すぐに慣れる」

彼はそう言うと、さらに腰を進めてきた。もうソレイユは、痛みで全身をブルブルと震わせることしかできない。

苦しさを紛らわせようとしてくれているのか、エルネストが肉棒を徐々に収めながら、何回もキスを落としてくる。

そんなことで痛みが緩和するわけがないのに、何度も何度も頬や額、唇にキスをしてきた。

エルネストに口内を深く貪られると、どっと唾液が溢れてくる。彼はそれを美味しそうにゴクリと呑み下して、疼痛に堪えるソレイユにまたキスをした。

「もう少しだ」

何がもう少しなのかわからない。痛みはどんどん奥へと広がっていく。

経験したことのない、身を切り裂くような痛みに、喉から掠れた喘ぎが漏れる。エルネストはその声すら唾液と一緒に呑み込んで、さらに唇を重ねてきた。

「……っ……あっ……ぁあ……あん……」

彼はすぐに慣れると口にしたが、そんなことはあり得ないような気がする。

己を凌辱する男を涙目で見返すと、流れるような銀の髪がソレイユの顔にかかり、温和で親切なジェレミーの姿が重なった。

「ジェ……レミー……」

別の男の名を呼んだのが気に入らなかったのか、エルネストが腰を少し強引に押し込んできた。

「ひっ……！」

少し引いては再び押し込み、また引いては押してくる。それを根気よく繰り返し、彼の滾った肉棒がソレイユの奥深くに挿入されていく。

未熟な膣を強引に押し開かれ、ソレイユは苦しさのあまり息も絶え絶えになってしまう。

エルネストは隘路を硬い肉棒で擦りながら、低い声でこう言った。

「そなたを抱いているのは私だ」

「……っぁあっ……いっ……たいっ……」

「情交中に、ほかの男の名を呼ぶとは失礼極まりない。やはり罰を与えるか」

「やっ……罰だなんて……んんっ……」

「気を失うまで、抱き潰してやる。さあ、私の名を呼べ。そして感じるまま乱れよ」

「エルネスト……やぁっ……いやっ……エルネスト……っ……」

彼の言動は冷酷無比だが、行為は優しかった。

ソレイユの目から溢れる涙を唇ですくい、震える唇にキスをする。口の端から流れる唾液を呑み込み、耳朶を優しく噛む。

ひときわ大きな痛みを感じたソレイユが短い悲鳴をあげると、すぐさま彼はソレイユに覆いかぶさり、歯列を割って舌を差し込んでくる。

ヌチュヌチュと淫らな音を立てて、口腔を舌で掻き回した。

「……ふっ……んぁっ……あっ、あっ、ぁあっ……」

しっとりと汗ばんだ身体で抱きしめられると、彼の温もりと香りに包まれる感じがした。

シトラスにベルガモットを混ぜたような香り。それに汗の匂いが混じって、男の色気のようなものを鼻腔に感じてしまう。

舌を絡ませ合い、何度も角度を変えて口づけながら、彼の腰は前後に動き、熱棒で膣襞を刺激する。

「いっ……やぁ……もう、もう……やめてっ……」

懸命に手を伸ばして苦しさを訴えるが、彼の動きは止まらない。

最初はゆっくりとしていた抽送が、徐々に速さを増し、そのうち身体を揺さぶるほどになった。

エルネストは膝立ちになり、ソレイユの身体をしっかりと掴んで腰を前後に動かす。

口づけも秘所を舐めるのも、どちらもソレイユの快感を引き出す行為だった。でもこれは違う。痛くて苦しくて、とても辛い。

唇や舌での愛撫の先に、これほどまでの痛みを伴う情交があるとは思っていなかった。もしこうなることがわかっていたら、不敬罪にでもなんにでも問われていいから、目の前の美形を蹴って逃げ出していたに違いない。

「何を考えている。まだ余裕なのか」

ソレイユの意識が別のところにあると気づいたエルネストが、腰の動きに変化をつけてくる。

「ひっ……やっ……ぁああっ……」

膣の入口あたりの浅い部分を緩慢に擦ったかと思えば、突然勢いよく最奥へ挿し込む。そうしてしばらく子宮の奥深くを突き、次は亀頭を引き抜いてまた浅いところをゆるやかに擦る。そんな動きを繰り返されるうちに、ソレイユの意識は完全にエルネストだけに向いていた。

「ぁあっ……んんっ……エ、エル……ネスト……やっ……」

「そうだ。私だけを見ていろ。そなたを抱いているのは私だ」

そう言い、再び激しく腰を動かして、膣の一番深いところを何度も突く。

「ひゃぁあっ……ぁんっ……！」

悲鳴を上げるたびに彼の腰の動きはいったん止まるが、すぐに元に戻ってしまう。

もう痛みでどうにかなってしまいそうだ。

「んんっ……やぁあっ……抜いてっ……」

そう叫ぶと、彼の肉棒の先端が入口付近まで引かれた。このまま抜いてほしいと腰をくねらすが、なぜだかまたズシンッと勢いよく奥まで穿たれてしまう。

「ひぃ……んっ……！」

白くすべらかな喉を晒して、その衝撃に耐えていると、彼はソレイユの腰から手を離した。そして首筋に吸いつき、華奢な身体をかき抱く。

「痛いなら私にしがみつけ。しっかりと抱きしめておいてやる」

堪えがたい痛みを与えている張本人が、何を言うのか。そう返したいが、ソレイユにはそんな言葉さえ口に出すことができない。掠れた喘ぎと嗚咽が、かろうじて漏れるだけだ。

「……ぁあっんっ……やあぁ……ぁあっ……」

なおも膣壁を激しく擦られ、ソレイユの胎内に熱情が宿る。

彼の背に手を回すと、肩甲骨のあたりに盛り上がる筋肉に触れた。

冷酷無比な独裁王などと巷で噂されているこの男は、優男風の見た目に反して、かなり身体を鍛えている。

背中に回した手からもそう感じていた。それだけで下腹の奥が、無意識に収縮する。

「そんなに締めつけるな。持たん」

「ふぁっ……ぁあっ……んっ……」

言われている内容が欠片も理解できない。

だがエルネストはソレイユをさらに強く抱きしめ、腰を激しく打ちつけてきた。

彼が身体を前後させるたび、厚みのある胸板に尖った乳首が擦れる。

そんなことまで敏感に感じてしまい、痛みと快楽がないまぜになって意識がどこかに行ってしまいそうだ。

「ぁあっ……んっ……やぁあっ……ぁあっ……んっ……」

「女として目覚め始めたか」

「エルネスト……ッ……」

「もっと奥深くまで愛してやろう。そなたの女としての華を、私の雄で開かせてやる」

彼の言葉に恐怖を感じ、何回も名を呼んだ。それで許してほしいとでも言うように。

しかし責め苦は永遠とも思える時間続いた。

部屋の中にはソレイユの喘ぎ声と、ヌチュヌチュという粘着質な音だけが響いている。

「ああっ……んんっ……やぁっ……」

「イクぞ、ソレイユ。私の愛を受け止めてくれ」

「……ぁっ……あぁっ……ぁあっ……！」

彼の腰が、今まで以上に速く動く。ソレイユはあまりの衝撃に足を引きつらせ、彼の背に爪をガリッと立てた。

エルネストは眉間に皺を寄せたが、ソレイユはなおも指先に力をこめてしまう。

「くっ……」

「ひゃぁっ……ぁあ――」

ソレイユの膣内に熱い迸りが放出される。

彼の腰がビクッビクッと震え、ソレイユを抱きしめる腕に力がこもった。

「……っぁあ……ん……」

強い力なのに、なぜだかまったく苦しくも痛くもない。

それより彼に全身全霊で求められているような気がして、不思議な高揚感が胸の奥からこみ上げてきた。

「っ……ソレイユ……」

エルネストが低く甘い声を漏らす。

「ああ……ぁあ……んん……」

「そなたの胎内(なか)は……温かく気持ちがいいな。ずっと挿入(はい)っていたいくらいだ」

耳元で囁(ささや)かれ、ソレイユの下肢がビクビクと震えた。

触れ合う身体から感じるのは、彼の体温。しっとりと汗で濡れた肌。そして速い鼓動。

その鼓動が落ち着きを取り戻した頃、ソレイユは深い眠りに落ちていた。

第四章　冷酷無比な国王陛下と溺甘（できあま）ライフ

ソレイユの意識は、ゆらゆらと水面（みなも）を揺蕩（たゆた）う小舟のように、行ったり来たりしている。

肌触りのいいシーツ。弾力のあるクッション。身体が沈みこむ感じもちょうどいい。

さわさわと爽やかな風が頬を撫でる。スリーピングカーテンだろうか、ソレイユの肌を柔らかな布地のようなものが掠めていった。

瞼（まぶた）を閉じていても、朝だとわかる。まぶしい陽光が差し込んでくるし、小鳥の囀（さえず）る声も聞こえた。

清々しい、と言いたいところだが、やけに身体がだるい。

瞼（まぶた）は重石（おもし）を乗せられたように開かないし、どういうわけか下半身に力が入らない。

「ん……」

ゆっくりと時間をかけて、瞼（まぶた）を開く。

アイボリー色のスリーピングカーテンが、ふわりと風に舞っている。

自室のベッドのカーテンは、ほんのりとした薄紫色だ。アイボリー色は、どの部屋のものだろうと考える。

天井に目を向けると精巧な彫刻で飾られていて、その芸術性の高さに驚く。こんな高そうなベッド、屋敷のどの部屋でも見たことがない。

不思議に思いながら上体を起こすと、ツキンと下腹部の下あたりが痛んだ。

「な……に？　あ……私……」

ソレイユが乱れた髪をかき上げてすぐ、眩暈が襲ってきた。起こした上体をクッションにもたせかける。

なんという気だるさ。かつてない倦怠感。なぜこのような状態で、見知らぬ部屋に寝ているのだろう。

「私……どうしたの……これは一体……」

服だって、いつ脱いだのか。湯を使った記憶はないが、身体は特に汚れていない。

「確か、昨晩は……国王陛下に呼び出されて……」

辞退したかったのに、強引に晩餐会に出席させられた。

そして公爵令嬢のヴィオレーヌを筆頭に、上位貴族の連中に笑いものにされた。

我慢しきれなくなり退出しようとしたら、足を引っかけられて……

「テーブルの上のものを何もかもひっくり返してしまったところで、王弟殿下に助けらひと。

作も麗しく、その場の誰よりも恩情深い精神を持った、三年前の救世主かもしれない

優しい微笑み、宝石のようにキラキラと輝く緑の目に、艶めかしい銀の髪。物腰や所

れて……」

王弟殿下のジェレミーが、意地悪連中からソレイユを助けてくれたのに。

割って入った国王陛下……エルネストに、部屋へ強引に連れてこられて。服を脱がさ

れ、口づけをされ……と思い出したところで、顔がカーッと熱くなる。

「そうだわ……国王陛下に……！」

ソレイユの脳裏に、昨夜エルネストにされた数々の淫行が浮かび上がる。

蕩けそうなほど甘い言葉の数々に、いやらしいくらい情熱的な口づけ。

舌を絡める口づけなんてしたことがないソレイユを、蠢くぬめった舌で翻弄して、

あっという間に服を脱がしてしまった。

そのあとは、誰にも見せたことのない秘所をまじまじとのぞかれ、そこも舌で舐めら

れ……

キュンと下腹の奥が軋んで、そこから生暖かくてヌルリとした液が漏れてしまった。

エルネストの形のいいふっくらとした唇が、それすらも啜り上げて舐めしゃぶってき

て……

快感で意識が飛びそうになっているソレイユの秘所に、剛直な肉棒を突き立てた。

もう恥ずかしくて脳が沸騰しそうだ。

「ああっ……！　っ……私、あのドエロ国王に……抱かれて……！　ああああぁ……思い出したくないのに思い出してしまったわ……！」

ソレイユは鮮明に蘇った記憶に取り乱してしまい、シーツを頭から被って身を縮める。

あろうことか、あんな男に処女を散らされてしまった。

夢であってくれ。夢であってほしい。そんな夢を見たくはないけれど、夢であればまだ救いがある。

そう思って周囲を見回すが――

見知らぬ豪奢な部屋。裸で寝ている自分。倦怠感いっぱいの身体に痛む秘所。

これは紛れもない現実。

「なぜ、こんなことに……」

ベッドの上でのたうち回っていると、隣の部屋からドアの開く音がした。その音に反応し、ソレイユは身を竦める。

この部屋にはベッドとサイドテーブルくらいしか置かれていないし、羽織る服の一枚も落ちていない。

「私の服、どこに行ったのよ……」

靴音が近づいてきて、ソレイユは妙な緊迫感で冷たい汗をかいた。

メイドだったらどうしよう。執事や従者でも困るし、エルネストならもっと困ってしまう。

けれどなす術はなく、被っていたシーツを慌てて身体に巻きつける。そのままベッドから下りようと片足を大理石の床につけたら、下肢がズキンと痛んだ。

ソレイユの全身から力が抜けてしまい、床にそのまま座り込んでしまう。

その拍子に両足の間から、どろりとしたものが内ももを伝って流れ落ちる。ソレイユは恥ずかしくて情けなくて、立ち上がれなかった。

そんな状態だというのに、現れた人物は髪も服装もきっちりと整えており、清潔そのものに見えた。

昨夜、散々ソレイユを好き放題に貪ってくれた男、エルネストだ。

銀糸のような髪は右耳の下あたりでひとまとめにされ、さらりと胸元に流している。

真っ白なシャツにえんじ色のジレ。サイドラインの入ったトラウザーズ姿で、彼は首を傾げてソレイユを見下ろした。

「起きたのか。朝食……いや昼食を運んできたので食べるがいい」

昼食？　今何時なのだろう。時間のわかるものはないだろうかと周りを見回す。サイドテーブルの上に、天使像の形をした置き時計を見つけた。その短針は十二と一の間を指している。つまり昼の十二時を越えているということだ。

放蕩貴族と違い、午前中は剣の稽古や経済書を読む習慣のあるソレイユは、こんな時間に起床してしまったことに衝撃を隠せない。呑気に昼食などと口にした彼に、嫌悪が湧く。

「どうしてもっと早く起こしてくれなかったのですか」

「目が覚めて開口一番それか？　元気なことだな」

エルネストは腕を組み、扉の枠にもたれると、むすっとするソレイユを見て蕩けるような笑顔を向ける。何が楽しいというのだろう。ソレイユは怒っているのに。

彼が近づいてきたので、身体に巻きつけたシーツをぎゅっと抱えこむ。

エルネストの手が伸びて、てっきりそれをはぎ取られるかと思っていたら、背中と臀部に手を添えシーツごと持ち上げられた。

「きゃっ……」

シーツ一枚を巻きつけただけの格好で、エルネストの腕の中にすっぽりと収まる。

「丁寧に慣らしたとはいえ、そなたは乙女だった。もう少々気を遣うべきであったな。痛むか?」

あれで気を遣ったのか。凶悪なほど太く長い男性器で、強引にソレイユの身を開いたくせに。

彼の腕に力が入る。力強くて優しくて、温かい腕だ。愛されていると勘違いしそうになるくらい心地よくて、慌てて自分を戒める。

(何をその気になっているのよ。このひとは冷酷無比な国王陛下よ。それも若い女性が大好きな……騙されちゃ駄目)

虚勢を張って、下ろしてほしいとばかりに身を捩ると、ちゅっと額に口づけられた。思わず顔が真っ赤に染まってしまう。

「拗ねているのか? 次はもう少し優しく抱こう。真綿で包むようにな」

「つ、次!?」

気まぐれの性交だったのではないのか? ソレイユなど女として未熟も未熟。もっと閨での行為に慣れた女性を誘えばいいのに。

「私など用済みでしょう。もう屋敷に帰してください」

そう言うと、機嫌のよさそうだったエルネストの顔つきが一瞬で険しくなる。

「何を言っている。冗談なら笑えぬぞ」

「経験のない女なんて手間がかかるでしょう。ほかにもっと……慣れている女性に相手してもらってください」

「ほかの女をあてがおうとする、そなたの企みはなんだ？」

あてがうも何も、社交界で男と男の間を蝶のように飛び回る手練れの淑女と違って、ソレイユなどなんら面白みはないはず。

逆に、なぜそこまでソレイユに固執するのか疑問である。

意のままにならないから、ムキになっているのか？　そうすると、もの好きな男が飽きるまで、慰みものとして弄ばれることになってしまう。

そんなのは嫌だ。ソレイユにだって感情がある。遊びの延長で身体を好き勝手されるのは耐えがたい。

「あてがうわけではありません。私よりも、国王陛下を悦ばせられる女性が、ほかにたくさんいるじゃないですか」

「私はそなたがよい。それに慣れなど必要ない。私がそなたを快楽に導いてやる」

呆気にとられるソレイユの髪を、エルネストは大きな手で優しく撫でてくる。

「初めての痛みを受けて機嫌を損ねたのか。可愛い奴だ。心配するな。私とそなたの身体の相性は抜群だ。毎夜可愛がられて、もっと私の愛撫に馴染めば身体も悦くなってくる」

エルネストとは、なかなか意思の疎通ができない。

処女を散らされたのも強引に抱かれたのも、そのどちらにもソレイユは泣き叫んだというのに。どれほどの自信があって、悦くなるなどと言ってのけるのか。

だが、初めての情交は痛みだけではなかった。むしろ感じてしまって、最後のほうは自分でも恥ずかしくなるくらい淫らな声を上げてしまった。

彼の言葉どおり、徐々に慣らされているのだとしたら、恥ずかしくて泣きたくなる。

今すぐ彼の腕から逃れたくなり、下ろしてほしくて身を捩った。

「あ……」

「どうした？」

不意に漏らした声に反応し、エルネストが髪を撫でながら問うてくる。

ソレイユの膣内に残された、子種の残滓が漏れてしまった。でも恥ずかしくてそうとは言えないソレイユは、ただただ下ろしてくれと訴える。

「暴れるな。落っことすぞ」

耳元でそうささやかれ、床を見る。想像していたより高い位置にあり、慌ててエルネストの首にしがみついた。

そんなソレイユを見て、エルネストは楽しそうに笑った。

「どうせ足に力が入らなくて動けぬのだろう。大人しく私に運ばれておけ」

優しいのか傲慢なのかわからない言い回しに、ソレイユは言葉を失ってしまう。

彼の背中に手のひらが触れると、やはり一見そうは見えないが屈強な筋肉を感じ、首を捻ってしまう。

自然につく筋肉ではない。明らかに、なんらかの筋力トレーニングをしている。

剣技をたしなんでいるソレイユにはわかる。剣や護身術の講師も、似たような身体つきをしているからだ。

国王という立場の男が、どうして軍人並みに身体を鍛えているのか。

長躯であることも相まって、かなりの圧迫感を受けそうなものだが、周囲にはそう見られていないようだ。所作や言葉使いが優雅で、豪奢な服を着ているからだろう。

そして手のひらには……と、ソレイユの髪を撫でる彼の手に目を向ける。

視線を感じたのか、彼の節くれた指がソレイユの頬や唇をすっと撫でる。

「どうした？　そんなもの欲しそうな顔をして。昨晩あんなに可愛がってあげたのに、まだ足りぬと申すか。なんと愛らしい娘だ」

目尻を下げてスケベそうに笑うエルネストに腹が立ったソレイユは、彼の指に歯を立てる。

相手の立場を考え、甘噛み程度だ。けれどこうして噛みついてくるような品のない女に、二度と愛らしいなどと言わないだろう。

ところが、彼はソレイユの思惑とは反対のことを言う。

「なんだ？　散々私の背に爪痕を残したというのに、指の所有権まで主張するつもりか。実に可愛いな。心配せずとも、私はそなたのものだぞ」

砂糖菓子を含んだように甘い言葉を紡がれ、ソレイユはもう何がなんだかわからなくなる。

言い返すのも疲れた。ソレイユは脱力したまま、髪を撫でられたり頬や耳朶に唇をあてられたり、エルネストの好きなようにさせておく。

どうせやめろと騒いでも、言葉を妙に解釈し、愛を囁いてくるのだろう。

それから本がたくさん並んでいる部屋に連れてこられ、ソファの上にそっと下ろされる。

テーブルには、たくさんの料理が並べられていた。

エルネストは向かい側のソファに腰かけると、銀のフォークとスプーンをテーブルの上に置いた。

「食べるがいい。空腹だろう」

美味しそうな匂いが鼻腔をくすぐる。昨夜の晩餐会では食べた気がしなかったし、今日もすでに昼の時間。本来なら空腹だろうが、そんな気分ではなかった。

身体の節々が痛いし、何より両足の奥に違和感がある。そもそも、女性の初めてを奪われた衝撃で、正直食事など喉を通らない。食べる気にならず、ぼんやりしていると彼が心配げな顔を見せた。

「大丈夫か？」

誰のせいだと言いたい。恨みがましい目つきで、のうのうと笑っている男を睨みつける。

しかし彼は相変わらずの能天気さで、こんなことを言った。

「仕方がない。膝の上に乗せて、私が食べさせてやろう。そなたは指一本動かす必要はない。料理を一口一口、スプーンですくって口に運んでやる」

「け、結構です……」

断っているのに、エルネストはソファから立ち上がると、ソレイユの近くに来た。

「食べられぬなら私が食べさせてやるしかない。体力が落ちてしまっては困るからな」

「食べます……！　自分で食べますから、ソファに戻ってください」

慌ててテーブルの上のフォークを手に取ると、彼はあからさまに残念という表情を見せた。

（膝の上なんて冗談ではないわ。恥ずかしいし……）

身体を少し動かしただけで、両足の奥からドロリと昨夜の残滓が漏れる。下肢がこんな状態だなんて、絶対に知られたくない。

こんなことになっているのも、すべて目前の男のせいだというのに。当の本人は何食わぬ顔をしているのだから、どうしたものか。

なんだか馬鹿馬鹿しくなって、そろそろとフォークを焦げ目のあるトマトに突き刺す。

「……いただきます」

そこまで口にすると彼はやっと引き下がり、座っていたソファに再び腰かけた。

香ばしいベーコンをフォークに突き刺し口に運んだあと、刻みパセリがかかったポーチドエッグにスプーンを入れる。半熟具合がとてもいい。

さすが王城のシェフだ。ちょっとした料理も抜群に美味しい。空腹だったソレイユの胃袋が、極上の食事に喜んでいる。

食事なんてしている場合じゃないという頑なな感情が、少しずつ和らいできた。

（国王陛下はドエロで非道な男だけど、料理に罪はないしね。それに、こんなに美味し

いんだもの。残したらもったいないわ）

次から次に料理を口に運びモグモグしていると、目を大きく見開いているエルネストと視線が交錯する。

途端に、少々品がなかったかと焦ってしまう。つい自分の屋敷で食べている気分になってしまった。

ソレイユは照れ隠しの咳を数回すると、オレンジジュースのグラスを取り上げて勢いよく飲み干す。

そしてグラスをテーブルに置くや否や、極めて丁寧な口調で言い訳をした。

「失礼いたしました。大変美味しかったので、つい勢いよく食してしまいました」

かしこまるソレイユを見て、エルネストが肩を震わせ笑いだす。何がおかしいのかさっぱりわからないソレイユは、唇を尖らせた。

そしてテーブルの上の多すぎる料理と、エルネストの前に置かれたフォークやナイフを見て、はっと気がつく。

「もしかして国王陛下の分も食べてしまいましたか？」

「どうだろうな」

エルネストが銀の髪を揺らして楽しそうに笑うものだから、やはり彼の分まで食べてしまったのだと確信してしまう。

なんとか冷静な表情を保ったが、脳内はアワアワしている。

大食い女だと思ったに違いない。これ以上の恥は晒すまいと、ソレイユはフォークとスプーンを置くと、しずしずと「ごちそうさまでした」と呟いた。

だが彼はパンの入った籠を、ソレイユの前に押し出してきた。

「まだある。これも食べるがよい」

「でも……」

「構わん。ここにあるもので足りなくなれば、取りに行けばいいだけのこと」

そういえば、この部屋にいるのはエルネストとソレイユだけで、メイドも給仕もいない。足音も彼のものしか聞こえなかった。これだけの量の食事を、彼ひとりで運んできたのだろうか。

エルネストが座るひとり掛けソファの横に、大きな銀のトレイが立てかけられている。フォークひとつ自分で運ばないような男だと思っていたのに。ソレイユは不思議な気持ちで、じっとエルネストの顔を凝視した。

すると彼が、驚くほど美しい笑みを浮かべるので、ソレイユは目を逸らして食事に集中することにした。

（無駄に美形だから、心臓に悪いわ）

遠慮しようと思ったが、パンをひとつだけいただくことにした。ほどよい甘さが、疲労した身体に染みわたっていく。

どの料理も美味しく、満腹になったソレイユはふうと一息つくと、ソファの背にもたれかかる。

そのタイミングで彼が話しかけてきた。

「早速だが本題に入ろう。私は、そなたを……」

ソレイユはエルネストの話を強引に遮った。

「失礼を承知で申し上げます。私から先に話をさせてください」

「構わぬが……なんだ？」

エルネストが首を傾げてソレイユを見返す。

「私の服を返してください。そして屋敷に帰してください」

「それは聞けぬ」

「なぜ？」

「私の意思に反するからだ」

エルネストの意思？　彼は一体何を考えているのか。

「私はそなたに結婚の申し込みをするつもりだ」

「け、結婚？」

昨夜からいろいろ驚かされることはあったが、今のが一番驚いた。

ソレイユに結婚の申し込みをするなんて、我が国の国王陛下は女性の趣味が悪いのか。それともからかうつもりか？　その気になった途端に、冗談だと笑いものにするとか。

疑ってかかるソレイユに、続けて告げる。

「私はそなたが気に入った。運命の女性だと思っている」

口をあんぐりと開けるソレイユに、エルネストが冷静な面持ちで物騒なことを言ってのける。

「承諾してくれるまで、どんな手でも使うつもりだ。こういうのはどうだろうか。私の部屋から一歩も出さずに、毎夜そなたに愛を囁くとか。朝から晩まで、そなたの身体を愛撫するとか」

「え……それって監禁ではないですか」

「そうではない。私の気持ちを理解してもらうまで、思う存分愛を与え続けるという意味だ」

言い方を変えようが、監禁で間違いない。

「お、お断り……」

エルネストは立ち上がると、ソレイユの目の前に迫る。

「では早速実行させてもらおう」

早い。行動が早すぎる。まだ食事を終えて三分しか経過していないのに、何を考えているのか。

「やっ……」

エルネストがソレイユを抱き上げようとしたので、慌ててシーツをぎゅっと握りしめる。しっかりと身体に巻きつけ、抱き上げられまいと身を捩った。

すると膣から彼の達した証が流れ出て、ソレイユは小さく身を震わせる。

「あ……」

「どうした」

ソレイユの顔が強張ったのが気になったのか、エルネストは髪をさらりと撫で、顔をのぞき込んできた。

「さ、触らないで」

内ももを流れ落ちる粘着質な液体を見られまいと、太ももをぴったりと閉じて身を強張らせる。

不審に思ったエルネストはソレイユの身体を調べようと、なんの躊躇もなくシーツをはぎ取ろうとした。

「だ、駄目っ……漏れちゃう……」

不意に零した言葉に、勘のいいエルネストは何が起きているのか気がついた。

「すまぬ。そなたが寝入ったあと、身体を綺麗に拭いたつもりだったが、そこは掻き出さなかった」

たった一言なのに、いろいろな突っ込みどころがあって怖い。

（気を失っているとき、身体を拭かれていたの？　それだけじゃない、か、掻き出すって……）

衝撃的すぎて、クラクラと眩暈がしてしまう。ソファに倒れこみそうなソレイユを見て、彼が心配そうに顔を曇らせる。

「気持ち悪いのであろう。先に風呂を使うか」

風呂と聞いて、ソレイユは飛びつかんばかりの勢いでエルネストに訴える。

「お風呂っ……わ、私、お風呂に入りたいです」

ソレイユが要望を伝えたのが嬉しかったのか、彼は笑顔を向けると頬をさらりと撫でた。

「待っていろ。すぐに用意させる」

エルネストは立ち上がって、すぐに部屋から出ていった。

彼がいなくなると、ソレイユは部屋の中をきょろきょろと見回す。部屋から出ていったということは、浴室は別の場所ということになる。

彼が姿を消した今がチャンス。逃げ出せないかどうか部屋の中を探ってみる。

監禁なんて絶対に嫌だ。アーガム王城からとっとと出て、自分の屋敷に戻りたい。

ここが私室というのなら、エルネストの服がどこかにあるはずだ。ソレイユの服を返してくれないなら、彼の服を着て抜け出してやる。

それにしても、どこを見回しても本ばかり。クローゼットやチェストもあるにはあるが、服は一枚も入っていなかった。

どこにも服が見当たらなくて、ベッドのある隣室へと戻る。先ほども見たとおりそこには中央にベッドがあるだけで、あとは小さなサイドテーブルしかなかった。探せども探せどもシャツの一枚どころか、下穿きすらない。

「服は一体どこにあるのよ……」

「今から入浴するのだから、服など必要ないだろう」

エルネストの声が頭上から降ってくる。いつの間にか背後に立っていたようで、恐る恐る振り向くと腕を組んで仁王立ちする彼が視界に入った。

「なぜ服を探していた。私の目を盗んで逃げ出す算段か」

戻ってくるのが早すぎはしないか。それに、まったく足音がしなかった。わざと忍び足で戻ってきたのだろうか。

「いくらなんでも、服を取り上げるのはひどすぎませんか？　風邪をひいてしまうかもしれません」

「そなたがこの部屋から無断で出ないと約束すれば、与えてやってもよい」

出るに決まっている。というか、出たいから服が欲しいのだ。

押し問答になるかと思われたが、エルネストは何か面白いことでも考えたのか、にやりと口角を上げて笑った。

「とはいえ風邪をひいたりするのは、よくないな。早く身体を温めよう」

エルネストがソレイユの華奢な身体を抱き上げようとするが、慌ててその手を払いのける。

「ひとりで歩けます」

「強情を張るな。浴室は別の部屋だ。素足で冷たい廊下を歩くのか？」

「ええ。歩きます。だから……」

どんなに拒否しても、彼は軽々とソレイユを捕まえてしまい、するりと抱き上げてしまう。

「……下ろして」

懸命に暴れるが、まるで子猫を抱えるかのように簡単に運ばれる。

「大人しくしておけ。顔色があまりよくない」

そう言うと、むずがる子供をあやすように背中をトントンと叩いた。

誰のせいだと言いたいが、実際のところソレイユはかなり身体が辛かった。

昨晩の情交が激しすぎて、身体がすっかり疲弊している。手足にまったく力が入らないのだ。

とりあえず風呂で身体を綺麗にしてから、あとのことを考えよう。今はエルネストにされるがまま、抱っこされることにした。

エルネストは部屋から出ると、隣の部屋へ足を向けた。

「私の浴室だ。ゆっくり浸かって疲れを取るといい」

そこは広々とした浴室で、中央に置かれた陶器のバスタブには、すでに湯がなみなみと張られていた。

「湯が入っている。早いわ、どうして？」

「そなたが起きる前に指示しておいたのだ。食事をしたら入浴したがるだろうと思ってな」

やはり彼は、ソレイユが大人しく待っていないと読んでいたのか。食えない男だ。

とはいえ、風呂に入れるのは嬉しい。

彼専用の浴室は、とても素晴らしい造りをしていた。

壁は幾何学模様のモザイクタイルで、床は大理石でできている。浴室の奥はバルコニーへ続いており、爽やかな風が吹き込んできて清々しい気持ちになった。

猫脚がついた陶器のバスタブには小さな白い花が浮かべられ、ほのかにハーブの香りがする。バスタブの横には小さな木の椅子があり、手桶も置いてあった。

シャボンの塊(かたまり)が載った皿や、身体を洗う海綿もあるから、身体を洗うスペースだろう。

少し離れた位置に姿鏡やドレッサーが置かれていて、浴室と身だしなみを整える場所が一緒になっているようだ。

彼はいったんソレイユを大理石の上に立たせると、シーツをするりと取り上げた。

「きゃっ……」

一糸まとわぬ姿にされ、慌てて床にしゃがみ込む。

「身体を洗ってやろう」

「ひ、ひとりでできます。出ていってください」

「そう座り込んでいては洗えぬ。その椅子に座りなさい」

相変わらず、エルネストは聞く耳を持たない。しかし、どれだけ睨（にら）みつけても彼は飄々（ひょうひょう）とした態度を崩さないから困ってしまう。

身体を洗ってさっぱりしたいが、彼が出ていかないことには洗うに洗えない。そもそも陰部が気持ち悪いから浴室に来たというのに。

ソレイユはしゃがみ込んだまま、そろそろと小さい椅子に腰をかける。立ちっぱなしより、身を小さくしたほうが、彼に身体を見られなくてすむ。

その間にも彼は手桶に湯を入れ、シャボンを手に取ると濡らして泡立てていた。

そして泡だらけの大きくて厚みのある手で、ソレイユの身体に直接触れようとする。

「私がそなたを汚してしまったのだから、最後まで面倒を見るのは当然のこと。すみずみまで綺麗にしてやろう」

「け、結構です……」

泣きそうな顔で拒否するが、彼はお構いなしにソレイユの背後に回って大理石の床に膝（ひざ）をついた。

「遠慮するな。包帯を濡らしては傷口に悪い。ここは素直に私に洗われていなさい」

「え……？」

彼はいきなりソレイユの脇の下から手を差し入れて、直接肌をさすってきた。

「あっ……やっ……」

脇の下や、腹部、そして乳房を、シャボンのついた手が這い回る。その手は耳朶を擦り、耳の下から鎖骨にそって首筋を撫で、胸をすくい上げるように揉み上げた。

「ちょっ……」

いやらしい手の動きに、ソレイユの身体に震えが走る。

「や……」

「暴れるな。大人しくしていなさい」

ヌルリと脇下を撫でられたとき、腰がゾクゾクとしてしまった。バスタブから漂う香りのいい熱気と、彼の手が与える羞恥で、ソレイユの顔が赤く染まっていく。

恥ずかしくてさらに身を小さくしようとしたら、彼の身体が密着して覆いかぶさってくる。

彼は服を脱いでいないはずだ。後ろをそっと窺い見ると、彼のシルクシャツが濡れて、筋肉質な身体が浮き上がっていた。

エルネストの腰がソレイユの腰に当たる。視線を下げると、トラウザーズが膨れ上がっているのを見てしまった。

またあの凶器をねじ込まれたらどうしよう。恐怖で肩がふるふると震える。そんなソレイユの動揺に気づいたエルネストが苦笑した。

「そなたの身体を綺麗にしてやりたいだけだが、触れているとどうにもいかんな。そなたが可愛らしく恥じらうのが悪い」

「わ、私は何も……」

「心配するな。無理に抱くつもりはない」

昨夜は無理やりだったけれど……と言い返したいが、口を閉ざした。

秘所は時々ツキッと痛むし、手足も力をこめられない状態だ。妙に煽ってまた強引にされたら身体が辛い。

「破瓜の痛みで辛いのだろう。労りこそすれ、無理を強いるつもりはない。安心しなさい」

彼はそう言うと、指を下腹部から茂みへと伸ばした。

「あっ……」

ゆるゆると両足を広げられ、媚肉をぬめる指で撫で上げる。彼の精液でぐしょぐしょになった部位を泡立てた石鹸でいやらしく弄られて、背筋がブルリと震えてしまった。

「寒いのか？」

エルネストが顔を首筋に埋め、囁くように問う。そのままヌルヌルと指で秘所を洗われると、敏感になってしまった身体に再び淫蕩の火が灯った。

「ぁ……んっ……」

ヌチュヌチュと擦られ、細かいシャボンの泡がふわりと浮き上がる。

時折指は、ぷっくりと大きくなった肉芽を掠めていく。そのたびソレイユの息が乱れ、甘い嬌声を上げてしまった。

彼の指は淫らな動きばかりする。秘裂を割り、汚れた蜜口を撫で、その奥に挿入り込んでくる。その刺激に、ソレイユの身体はガクガクと震えてしまった。

（な、何が……安心しろなの……恥ずかしいところばかり……）

「あっ、んっ……やっ……そこはっ……」

「暴れるな。掻き出すのだから」

「はぁっ……ん……」

クチュッと粘着質な音がして、ソレイユの愛液が残りの精液を押し流す。

「私の子種が着床していればいいのだが」

笑い混じりで囁くエルネストに、ソレイユは驚愕で目を見開いてしまう。

（着床って……妊娠ということ？　わ、私が……？）

「早く孕ませたいものだ。そうすれば、そなたは一生私のもの。ふたりの子供は、賢くて可愛いだろうな」

想像しただけで、目の前が真っ暗になってしまった。エルネストの胸にもたれかかると、さすがに限界と悟ったのか、手桶に汲んだ湯で泡を流してくれる。

そのまま抱き上げられ、バスタブの中に入れられた。その間も、着床、妊娠のインパクトに、ソレイユは呆然としているだけだ。

それからしばらく湯に浸かり、のぼせ上がった身体を大きなタオルに包まれ、ベッドまでお姫様抱っこで運ばれる。見るとエルネストはソレイユばかりに手をかけていたらしく、髪も身体も濡れたままだ。

それでも先にソレイユの髪の水分を拭きとり、濡れた包帯を解いて、手のひらの手当てをしてくれた。

「風邪をひきませんか……？」

ソレイユはつい彼の心配をしてしまう。

「大丈夫だ。そなたの世話はとても楽しい」

何が楽しいのか、ソレイユにはさっぱりわからない。

彼が寝室から出ていってからも、ソレイユはそのままベッドに横になっていた。

空腹は満たされ、身体はさっぱりし、心地いい午後のそよ風が、火照った身体を冷ましてくれる。

衝撃的な出来事ばかりで頭はパニックだったが、疲労の激しかったソレイユは、結局そのまま寝てしまった。

§　§　§

あれから何日経過したのだろう。一日？　二日？　それとも一週間？　もう時間の感覚すらわからない。

エルネストは、ソレイユが結婚を承諾するまで部屋に閉じ込め、溺愛の限りを尽くすと宣言した。

そして本当に宣言どおり毎日ソレイユを抱き、でろでろであっまあまな言葉と行動でソレイユを翻弄した。当然、屋敷には帰してもらえていない。

何度も抵抗したし、軽い暴言も吐いた。けれどそのたびに彼はこう囁く。

『イヤイヤと涙目で訴える姿が、なんとも愛らしい。そなたは男心をくすぐるのが実にうまいな』

『可愛いソレイユ。そなたが発する言葉は、熟れた果物のように甘い』

『ああ……何度でも私を詰ってよいぞ。それで私が興奮すると知っているようだな』

何をしても何を言っても、エルネストは自分の都合のいいように脳内変換してしまう。

せめてもの抵抗に、不敬罪に問われるのを覚悟で暴言を吐いたり罵倒してみたりするが、エルネストはまったく気にする様子がない。

それどころかうっかり彼を煽ってしまった結果、甘やかしパワーに拍車がかかり、ベッドの上から一歩も下りられなくなった日もあった。

閨での彼は、執拗で、根気強くて、女としての悦びをこれでもかとソレイユに与える。

ソレイユが達するまで唇と舌で秘所を愛してみたり、欲しいと訴えるまで入口を弄ってみたり。少々……いや、かなり意地悪なことも多いが、それよりめくるめく快感のほうが勝っていることもあった。

恐ろしいまでの絶倫ぶりを発揮してくれるエルネストだが、政務はサボれないようで、昼間は部屋にいないことが多かった。

ソレイユはひとり取り残され、暇を持て余すことになる。

今日も、朝食を一緒にとったあと、彼は早々に出ていってしまった。

相変わらず服は与えられていないので、ソレイユはシーツを巻きつけた格好で過ごしている。

風邪をひくと訴えたら、厚手のシーツが用意され、暖炉にくべる薪(まき)の量が増えた。

部屋があるのは、王城の最上階。窓からは脱出できそうにないし、扉の外では近衛兵が二十四時間体制でソレイユを見張っている。

見張りを騙(だま)してどこかに行かせ、その隙に逃げ出す計画は立てた。だが服が部屋の中に一枚もないため、真っ裸で王城を駆け抜ける羽目になってしまう。

そんなの痴女だ。逃げ出せたとしても、ソレイユの汚名が不本意な形で広まるだけだし、近衛兵にはシーツを巻きつけただけのあられもない姿を見られてしまう。

結局のところお手上げなのである。このままだと結婚を承諾(しょうだく)しない限り、この部屋から一歩も出られない。

……ということで、嘘でもいいから結婚を承諾(しょうだく)することも考えた。でも国王陛下を騙(だま)すと一族郎党全員が罪に問われそうな気がするし、あとで離婚するほうがもっと面倒ではなかろうか。

「私に飽きるまで待つという手もあるわよね。そもそも国王陛下は、女にだらしなく艶(つや)っぽい醜聞(しゅうぶん)が絶えないというし、私が年を取ればあっさり捨ててくれるかも」

何年後の話だ。それまであの絶倫王に抱かれに抱かれたら、身も心も許してしまいそうになる。

　何しろ閨でのエルネストは、きめ細やかな配慮でソレイユをメロメロにする様々なテクニックを持っていた。あれを繰り返されたら、もうなし崩しにズルズルと彼の身体に搦めとられてしまう。

「どうしたものかな……」

　ソレイユは考え事をしながら、ソファに沈んだ。

　そのとき、ノック音がして扉がガチャリと開いた。こちらが「どうぞ」と言わないうちに勝手に扉を開けるのは、エルネストしかいない。

「戻ったぞ。ソレイユ。寂しかったか？」

　エルネストが長い銀髪をかき上げ、軍服の襟を緩めながら大股で部屋に入ってくる。

　寂しいも何も、ソレイユは明け方まで彼の屈強な腕で組みしかれ、散々啼かされていたではないか。

　エルネストは、ソレイユの向かいのソファにどっかりと腰かけた。

　自分だけ漆黒の軍服を着用しているのも腹が立つ。ソレイユにも服をよこしてほしい。

　ソレイユはふてくされたように足を組むと、プイと顔を横に背けた。

「寂しくはありませんでしたが、退屈でした」

「ここにある書籍を勝手に読んでいいと言ったであろう」

「あらかた読んでしまいました」

エルネストが、ほう？　という顔を向けてくる。

嘘ではない。読める本はほとんど読んでしまった。政治に経済、建築に法律。エルネストの蔵書には様々な分野のものがあって、ソレイユは彼のいない時間を本を読んで過ごしていた。

読んでいないのは、すでに自分が持っているものか、母国語ではないもの。あとは、専門的すぎて理解の範疇(はんちゅう)を超えているもの。それ以外は、すべて読んでしまったのである。

「ほかに本はないのですか？」

「書斎と図書室が別にある。今度連れていってやろう」

「今すぐ行きたいです。もうこの部屋の中にいるの、飽き飽きしました」

ソレイユはエルネストが戻ってきても、立ち上がることもなければ膝(ひざ)をつくこともなかった。暴言も無礼な態度もまったく咎(とが)められない。

彼が機嫌を悪くするのは、エルネスト、と名を呼ばないときだけ。

「結婚を承諾(しょうだく)せぬからだ。そなたが結婚しますと言えば、すぐに出してやるものを」

エルネストは軍服の上衣を脱ぐと、ばさりとソファの背にかけた。腕を組んでソレイユを強い目で見つめてくる。

太い首、厚みのある広い肩。シルクシャツ越しに浮かぶ屈強な筋肉。

耳の下あたりでひとまとめにした、きらめく銀の髪が、そのまま胸に流れ落ちている。

長い手足に優雅な所作。顔はとてつもなく整っており、誰がどの角度から見ても美形と称するだろう。その地位は、アーガム王国の国王陛下。

そんな男が、なぜそこまでソレイユと結婚したがるのか。

自分で言うのもなんだが、こんな気の強い女のどこがいいというのだろう。ソレイユが男として生を受けたとしても、もっと楚々とした大人しい女性を選ぶ。

「まったく、そなたは実に頑固だ。かくなるうえは重石をつけた鎖で足を縛り、ベッドの上から下りられぬようにして、昼夜問わず抱いてやるしかあるまいか」

まったくこの国王陛下は、ろくでもないことしか考えない。

「それで首を縦に振るんだったら、とっくに振っています。方法を変えたほうが賢明ですよ」

優しいし甘やかされているけど、そこは絶対にほだされないと決めている。

だからむっとした顔で返すが、エルネストは笑顔を向けるだけで怒ったりはしない。

「本当にそなたは可愛らしい。いいだろう。図書室に連れていってやる」

「本当ですか？　じゃあ……」

服を返してくださいと両手を差し出そうとしたら、エルネストが先にこんな条件をつけてきた。

「まずは私好みのドレスを着用し、一緒に政務をこなしてからだ」

§　§　§

「ほう？　そなたの領地で、期間限定で税率を上げる法律を作りたいと？　その理由はなんだ？」

「はい。私の領地には年寄りが多く、福祉関係に多大な税を投入しているせいで、ほかに金が回らないのです」

ここは謁見室。ソレイユはエルネストの見立てた真紅のドレスに身を包み、王座の横に立っている。

図書室に行きたいのならば、彼の提示したドレスで着飾り、政務を手伝えと命じられた。服を与えられ、あの部屋から出られるということで、ソレイユはそれをふたつ返事で了承した。

ドレスくらい着てもいいし、書類の仕分け程度の手伝いならできると思う。

息抜きも兼ねて、さあ政務の手伝い！　と意気込んで彼についていった。

しかし、エルネストの言った政務とは――

「言い分は理解した。ソレイユ。どう考える？　地方都市の税率、上げるべきか？」

陳情のために訪れた、地方有力者との話し合いに立ち会えというものだった。手伝いといえばそうかもしれないが、思っていた感じと違いすぎて困ってしまう。

「ええと……」

こちらに向かって膝（ひざ）をついている男たちの先頭にいるのは、陳情団のリーダー――領主だという五十歳くらいの、でっぷりと太った男。

その男が、少しだけ面を上げ眉間（みけん）に皺を寄せた。こんな小娘に税のことなどわかるのか。そんな目だ。

実際ソレイユにだってわからない。なにしろ税の仕組みは複雑だ。

だから訊（き）かれたとしても、最適な答えなどわかるわけがない。わからないことは素直にわからないと返し、判断できることだけを言葉にしよう。

しかし……高齢者の多い領土なのに税率を上げる？　それも二年間だけ？

福祉関係云々はいい話だが、なんだか話の辻褄が合わないようにも思う。

「同じアーガム国民でありながら、住む土地が違うというだけで税の負担が増えるなんて、公平性がそこなわれませんか？　それに、領民たちの所得は去年と変わらないのでしょう？」

黙れ、小娘。領主が、そんな目つきでソレイユを見返す。

「……それは、さほど問題ではありません。一律に税率を上げるわけではないのです。所得の多いものには高い税率を、低いものには低い税率を課しますから。ほっほっほっ……私も領主になって約十年。領地運営の素人ではありませんよ」

そう言って口ひげを撫でつけ、嘲笑うような表情をする。

男の謎の自信が、ソレイユには奇妙に見えた。そう簡単に、所得によって課税率を変えられるだろうか。

「では……あなたは自分の領地に住む領民ひとりひとりの所得を、完璧に把握しているのですか？　どのような方法で？　自己申告ですか？　税を逃れるために過少に申告するひともいるのでは？」

「監査がしっかりしておりますから、不正はあり得ません！」

男はソレイユから目を離すと、エルネストのほうを見上げて言った。

「政治に女子供がしゃしゃり出るものではありませんなあ。そう思いませんか？　国王陛下」

おもねるような口調に、エルネストがきっぱりと返す。

「彼女は私の補佐を務めるものだ。まずは彼女の質問に答えたまえ」

「は？　しかし……年若いお嬢さんのように見えますが……」

「ああ。確かに若い。十八歳だからな。しかし、そのへんの娘と一緒にしては痛い目を見るぞ」

男は厳めしい表情で、エルネストとソレイユを交互に見る。どうやら何か閃いたようで、いやらしく口角を歪めた。

「そうでございますか。国王陛下の……はあ、では一応お答えさせていただきますか」

男はソレイユが色を使ってエルネストに近づき、政治の世界に口を出してきたとでも思ったのだろう。小馬鹿にするように、ゆっくりと説明し始める。

「アーガム王国の地方税は、ずいぶん前に徴収制度の基盤ができておりましてなあ。我が領地でも代々租税帳というものを作成しております。それをもとに、滞納したものからは追加徴税し、真面目に支払っているものは翌年優遇するなど調整しているのです。監査組織も機能しております。それは、もうきっちりと」

「であれば、恒常的に税が不足しているのではないでしょうか？　二年間限定で税率を上げるというのでは何ら解決しないと思いますが」

ソレイユは、きっぱりとそう言ってのける。

男の提示する情報では正しい判断を下せない。おそらく、もっとほかに事情があるはずだ。

頭から撥ねつけて、安易な訴えでは受け入れられないと悟らせなければ、彼は本音を話さないだろう。エルネストがソレイユと男のやり取りを見て、くっと喉を震わせて笑う。

「ということだ。残念だったな。税率を上げる案は却下しよう」

「そんなっ……！　それがなければ、滞納分の補填が……！」

「滞納分の補填？　先ほど、滞納したものからは追加徴税しているとおっしゃいませんでした？　であれば、滞納分は税の基盤を揺るがすほどではないでしょう」

男が漏らした言葉に、ソレイユは即座に食いつく。領主だという男の顔はみるみる青くなった。

「本当のことを申してみよ」

鋭い声色で、エルネストが促した。男は脂汗を流しながら、ぽつりぽつりと話し出す。

「じ、実は……一年前の洪水で領地のすべての畑がやられまして……」

男の説明で思い出す。確か昨年、ある地域で集中豪雨があった。

ソレイユの知りえた情報では、とある領地では治水対策を怠っていたせいで川が氾濫し、大災害になったという。

それだけでなく、その領地では下水道の整備や水質汚染の対策も十分に行われていなかったため、氾濫した水によって疫病が蔓延したのだとか。洪水で流されたひとより、病で亡くなったひとのほうが多かったと風の噂で聞いた。

それ以来、復興について明るいニュースは流れてきていない。

どうなったのか気になっていたが、領主の様子を見る限り、一年経過してもあまりよい状況にはなっていないとみえる。

それに、ソレイユにはとても気になることがあった。

洪水による災害。畑がやられたことを心配するより先に、懸念すべきことがあるのではないだろうか。

「畑の農作物を洪水が奪っていったというのなら、昨年の税は免除したのですか？」

領民の税を免除したから、今年の財政が回らなくなった……というのなら、わからないでもない。だが領主は、大きく首を横に振った。

「いいえ。免除ではなく、翌年繰り越しといたしました。橋の修繕などに金が必要でしたから。しかし……今年は逆に雨が少なく干魃で……繰り越しで税が倍になってしまった領民がこぞって隣国へ移住してしまい……」

それで残った数少ない領民の税率を上げ、なんとか帳尻を合わせようと考えたわけか。残された領民に罪はない。洪水や干魃と戦ってなお、税金を背負わされる。それでは領民に死ねと言っているようなものだ。

許せない。ソレイユの目には、領主が自分の都合で領民を虐げているようにしか見えなかった。

「国王陛下。私とて領民を大切に思わないわけではないのです。ですがこのままでは我が領地は廃れてしまう。どうか税率を上げる許可を」

そんな許可など出してしまったら、領民が辛い思いをする。

すべての領民が他国に移住できるわけではない。年老いた両親や、乳飲み子を抱えているひとたちもいるだろう。

商売をしているひとだっている。そう簡単に店をたたむことだってできない。

どうすればいいだろうと考えたところで、ソレイユはピンと閃いた。

国庫から援助金を回してはどうだろうか。ソレイユはエルネストに提案しようとしたが、考えを読まれたのか、すっと手のひらで制された。

そして目の前の領主に向かって、冷ややかに問いかける。

「昨年、そなたは同じような時期に陳情を述べに来た。そのときに援助金を渡したはずだ。それは何に使ったのか」

男は深く頭（こうべ）を垂れると、流暢（りゅうちょう）に話し出す。

「はい。それは橋の修理にあてました。橋が流されたままだと物流が止まりますのでね。おかげさまで無事橋は完成し、流通のほうは現在のところまったく問題ございません。ただ農業全般が不作ですので、労働者階級の領民たちが大変苦しんでいるというのが問題点です。本当は私としても税率を上げたくはありません。でも上げないと困るので、二年間と期限を設けようというわけです。金がもっとあれば……」

なんだか用意してあったような答えだなと、ソレイユは感じた。

もしかして税率を上げる許可が欲しいというのは表向きで、本来の目的は再度援助金を貰（もら）うこと？

だが昨年すでに渡している。援助金の額が不足ならそのときに言っているはずだ。それで復興できないとなると、領主のやり方に問題があるのでは……と考えたところで、エルネストが面倒臭そうにこう言い放った。

「そうか、では税率を好きなだけ上げるがいい。そうだな。今ここで三倍に上げる決議を下そう。今から新しい税率の納税法を施行する。そなたの領地のみにな」

　すると領主は目玉が飛び出そうなほど驚き、悲鳴をあげる。

「国王陛下！　そんな、あっさりと……」

「致しかたなかろう。二年連続で援助金を渡したら、ほかの領地から不満が出る。それに昨年の援助金で足りぬと言うなら、今度の結果もさほど変わらぬ。税率を上げたほうが早い」

　ソレイユは耳を疑った。そんなことをしたら領民がみな逃げ出してしまう。

「陛……」

「お待ちください！　国王陛下！　そんなことをしたら残った領民が、みな他国へ逃げてしまうではありませんか！」

　ソレイユの発言を遮って、領主が声を荒らげた。

「それがどうした？　私の知ったことではない」

　なんという非道な！　これが国王の発言か！

　こういった人でなしなことを言うから、彼は冷酷無比と言われるのではなかろうか。

　ソレイユは拳を握りしめる。ギリギリとエルネストを睨みつけるが、彼はしれっとした顔で領主に視線を向けた。

「そなたの領民の数百人程度が逃げ出したとしても、我がアーガム王国は揺るがぬ。そもそも年寄りが多いのだろう？　ならばよいではないか」

「そ、そんな……税を徴収できなければ、国庫に納めることもできないのですよ！」

「不要だ。揺るがぬと言っただろう」

ソレイユは怒りに満ちた目でエルネストを凝視するが、彼は肘(ひじ)をついて気だるそうに欠伸(あくび)をした。

「好きにせよ。領民が逃げ出す？　領民にとっては、そのほうがよいかもしれんな。無能な領主のもとにいても生活はなんら改善しない。とっとと見捨てて、優秀な領主が治めるほかの土地へ移動したほうが賢明だろう」

「こ、国王陛下……お考えを……どうか、今ひとつ話を戻して……」

「何を戻す必要がある。そなたの陳情どおりにしようというのに」

そのときノックの音がして、ひとりの若い兵士が現れた。

彼は一礼して大股で近づいてくる。その手には大量の紙の束がある。

「な、なんだね。謁見(えっけん)の最中に、失礼な」

「構わぬ。彼は必要な調査の報告書を持ってきたのだ。近くに来なさい」

若い兵士は遠慮がちにエルネストの横に立つと、耳元に顔を寄せヒソヒソと何かを話しだした。

反対側に立つソレイユには、何を話しているのか聞こえない。

「わかった。下がってよいぞ」

兵士はエルネストに紙の束を渡し、一礼すると謁見室を出ていった。

心なしかエルネストが楽しそうに見える。彼は薄笑いを浮かべ、領主をねめつけた。

「先ほど、そなたは租税帳なるものがあると説明したな」

エルネストがそう言うと、領主は目を大きく見開く。

領主は平静を装っているが、ソレイユには挙動不審に見えた。

「は、はい。いたしました。それが何か？」

「監査組織も機能していると申したな？」

「はい。もちろんです」

領主がやけに朗らかな笑みを浮かべているから、ソレイユの心にも疑惑の種が芽吹く。

ソレイユはつい、思いついたことを口に出してしまった。

「監査組織は当然、第三者が運営しているのですよね？」

税を取り立てる側が不正を行わぬよう見張るのが監査組織。

彼らは領主の徴税に対して、公平、誠実に判断できる立場であらねばならない。だから大概が、領主の身内以外の有識者が監査役を務める。

ソレイユの問いに、領主はむっとした表情でつっけんどんに返した。

「当然だ。監査役なのだから」

その答えに、エルネストが不敵な声で笑いだす。

「血のつながりがないとはいえ、そなたの妹の夫は身内だぞ。調査によると、博打（ばくち）に負けて多重債務に陥（おちい）っていたそうだな」

「ひっ……」

カエルが踏み潰されたような声を上げ、領主の顔が真っ青になった。

「ところがそれを、昨年の洪水のあとくらいに完済しているな。……援助金を返済にあてたと見える」

領主は口から泡でも吹き出しそうな顔で、おろおろし始めた。

背後に控えていた領主の配下たちが顔を見合わせ、不信感を露わにした。

エルネストは構わず話を続ける。

「それで金が足りぬと申すか。援助金を使ったという橋の工事は手抜きで、すでにところどころ修理が必要になっていると報告が入っている」

「ご、誤解です。誤解です。確かに義弟が監査役ですが……決して援助金に手をつけたりは……」

「身内を監査役にしている時点で問題だ」

話の主導権は、すっかりエルネストが握っている。

最後に彼はこう言い放った。

「そなたの領主の任を解く。それから、要職に就いているそなたの身内たちも解任だ。そして新しい領主を選挙によって選び、そのあとに援助金を渡そう。税率を上げたいなどと訴えぬ、心優しき領主にな」

背後に控えていた陳情団のメンバーから、盛大な拍手が巻き起こる。

「そ……そんな……」

「くだらぬ画策をするからだ。そなたの配下だったものに八つ裂きにされたくなければ、とっとと出ていくがよい」

領主、いや元領主はがっくりとうなだれ、ヨロヨロとした足取りで謁見室を出ていった。

エルネストの見事な裁きに、ソレイユも称賛の目で見てしまう。

鮮やかで華やかで、見事な手際。領主の嘘を見抜き、真実を引き出す話術。話をひっくり返すタイミングも見事だった。

この事態を見越して事前に調査を命じていたのだとしたら、なんと頭の回る男なのだろう。

終始冷静で、冷徹で無慈悲。しかし最終的には誰もが正しいと認める判断を下す。

「すごい……です」

つい本音が漏れる。すると彼は楽しそうに笑った。

「惚れ直したか？　もっと私のことが好きになっただろう？」

「は……？」

惚れ直すも何も最初から惚れていません。好きでもないのに、もっと好きになるわけないじゃないですか。

と、本来なら返すところだが、ぐっと呑み込んだ。

エルネストはすごいと思うが、自信過剰な面だけはどうも好きになれない。

「私もソレイユにはいいところを見せたいからな。少々頑張ってしまった」

エルネストが緑の目を細めてくったくなく笑うものだから、ついソレイユも素直な感想を漏らしてしまう。

「そうですね。あんなふうに言葉を巧みに使って悪事を露見させるなんて……見事な手腕でした。惚れ直しはしませんが」

……なんて、少しでも隙を見せたのが悪かった。ソレイユの褒め言葉にすっかり気をよくしたエルネストは、立ち上がって補佐官に命じる。

「私はソレイユ嬢としばし休憩に入る。次の謁見は一時間後だな」

「はい。早めに終わられましたので、しばし時間は空いております」

「次の謁見者が現れたら呼びに来てくれ。それまで誰も部屋に近づかせるなよ」

「了解いたしました。国王陛下」

礼儀正しく一礼する補佐官の前を、エルネストに肩を抱かれながら通りすぎる。

「一時間あればそなたを抱ける。私は我慢強い男だ。この場で抱きしめたい衝動を抑えているのだからな。可愛いソレイユ、そんな私をもっと褒めておくれ」

「何を……」

先ほどまでかっこいい国王だったのに、ほんの数秒でエロチェンジ⁉

当惑するソレイユと裏腹に、当の本人は爽やかに笑っていて、殺意が湧く。

「絶賛されて興奮してしまったな。そなたという甘美で気持ちのいい鞘に、私の燃え滾る熱情を収めねば暴走してしまいそうだ」

（絶賛なんてしていないわよ！　ちょっとした賛辞は口にしたけど、絶賛なんて……

え？　暴走？　これ以上の暴走なんてあるの⁉）

「ぼ、暴走したら、どうなるんですか？」

エルネストは目線を斜め上に向け、しばらく考えたのちに、こう言い放った。

「そうだな。一週間ほど部屋に閉じこもり、そなたとずっと睦み合うとか。仕事も寝食も忘れ、獣のようにずっと番い合うとかだな。どちらがいい？　ソレイユの望むほうを選ぼう」

恐怖の提案に、ソレイユの目の前が真っ暗になる。

どちらであっても身体がボロボロになってしまう。というか、両方同じではないか。

ここははっきりと拒絶しておかねばならない。

「め、迷惑です」

部屋の前に到着し、親切に扉を開けてくれたはいいが、一歩でも足を踏み入れたら襲われそうで怖い。そんなソレイユに、彼は飄々と告げる。

「次の謁見者がキャンセルしてきたらよいのにな」

国王が言っていいことだろうか。というか、全然ひとの話を聞かない。

（まっ昼間から抱かれるの!?　抵抗したらもっとひどい目にあうの!?）

でも抵抗しなくても抱かれてしまうし、もう何がなんだかわからなくなる。

結局ソレイユが抵抗しまくったのと、謁見者が時間より早く登城したので、エルネストの燃え滾る熱情を強引にねじ込まれることは回避できた。

けれどほっとしたのもつかの間、ソレイユは次の謁見にも立ち会うことになった。

再び謁見室に戻ると、そこで待っていたのはある領地のふたつの集落の代表者たちだった。

「うちの畑は果物類が多いから、大量の水が必要なんです。しかし全部の作物に水が行きわたっておりません。どうかうちの集落に水が行きわたるようご裁可を……」

「私の集落も今の時期、水はとても重要です。彼の地域は、ほかに野菜も作っています。しかし私の地域はそうはいきません。小麦の栽培には一年を通して水が必要だからです。水を余分に取られては困ります」

つまりは水争いだ。彼らの領主では解決できなかったらしく、国王の裁可を仰ぐことになった案件である。

この問題、たかが水のことと侮ってはいけない。集落全員の生活がかかっているので双方とも真剣なのだ。

「ふむ……。ソレイユよ。そなたならどうする？」

話を振られ、首を傾げて思案する。今の季節は乾季が近い。農作物を扱う彼らには、水が必要だ。しかし水は場所も量も限られている。

公平でないから揉めるのではないだろうか。かといって、どうすれば公平に決められるのだろう。

畑の大きさの比較では、公平じゃない。農作物の種類や、土質によって必要な水量は異なるからだ。

ソレイユはすぐに判断するのは難しいと悟った。しかし、大事なことを思い出す。

そういえばエルネストの部屋で、離れたところまで水を移動させる水車と、地下工事の技術について書かれた本を読んだことがある。

「国王陛下。水を移動させる新しい技術があります。あれを試してみてはいかがでしょうか？」

ソレイユがそう提案すると、予想以上に嬉しい答えが返ってきた。

「そうだ、ソレイユ。よいことに気がついた。あの技術の実用化を急がせようではないか」

なんでも治水に秀でた友好国があり、あの書籍はそこから取り寄せたものだという。

それを読んだエルネストは、すでに水を運ばせる機械の研究を進めさせていた。

「あと三年待ってくれ。それまで同量ずつ分け合ってほしい。完成したら、一番にそなたたちの畑のために使おう」

「ありがとうございます！　国王陛下！」

「ありがとうございます！　ありがとうございます……」

代表者たちはそれぞれ固く握手し、エルネストに感謝を述べ、喜んで帰っていった。

またしても見事な手腕を見せられた。

エルネストの采配は、ある局面では非常にシビアであるが、実は人情的で必ず国民のためになるものだ。

彼の国王としての器量は申し分なく、ソレイユに色っぽいことを仕掛けてこなければ、大いに尊敬の念を抱いたことだろう。

世間では、冷酷無比の独裁王だの若い娘好きだの、スケベだのエゴイストだの言われているが……いや、その大半は当てはまっており、まさしくそのような男であることは間違いない。

けれど世間が知らない彼の一面を見れば、怜悧で判断能力に優れており、貴族の言い分より民の訴えに耳を傾ける素晴らしい国王陛下といえる。

嘘や誤魔化しに騙されることなく正しい道を見つけ出すエルネストの才覚に、ソレイユは心が傾いていることを自覚した。

(もしかして……私、為政者としての彼に惹かれている……?)

手のひらで、自分の頬を何度もピシャピシャと叩く。気をしっかり持たねばならない。少しでも油断したら、ほだされてしまう。

「どうした。ソレイユ。百面相か？　今面白い顔をしていたぞ」

エルネストはそんな軽口を叩き、またソレイユを連れて自室に向かった。

次の謁見まで休憩ということで、エルネストの部屋でちょっとしたアフタヌーンティータイム。

エルネストが紅茶を、ティーカップに注いでくれる。本来はこんなこと、国王陛下のやることではない。だが彼は、ふたりきりのときはソレイユに尽くしっぱなしだ。

何度もやめてほしいと訴えたが、エルネストはソレイユに尽くすことが好きだと主張する。

最初は気まずかったソレイユも、今ではもうどうでもよくなった。

「そういえば私の服はどうなったんですか？　いい加減、返してほしいのですけど」

「いらぬだろう」

「運動不足で身体がなまってしまいます。動きやすい服装をして、ちょっとは運動しないと」

「運動ならしているではないか」

「はい？」

エルネストはティーカップを持ち上げ口元へ運びながらにやりと笑った。

「私とベッドの上で、くんずほぐれつ……男と女でしかできぬ尊い運動を」

……さすがドエロ国王、言うことが違う。真っ赤な顔でプルプルと震えるソレイユを見て、エルネストは大爆笑している。

からかっているのだ。ソレイユの生真面目な反応を見て楽しんでいる。

「そうか、運動が足りぬか。仕方ないな」

エルネストがソレイユの座るソファの背に立ち、後ろから両腕で抱きしめてくる。

「なんですか。ちょっ……」

身を捩るソレイユに構わず、エルネストは金髪をさっと避けて首筋に唇を這わせてきた。ゾクゾクとした愉悦が立ち上り、腰に力が入らなくなる。

「そなたが求めてくるから、身体が滾ってしまったぞ。どうしてくれる」

「求めてません！　どこからそんな話になるのですか」

「可愛いソレイユ。抱いてほしいと素直に言えぬから、遠回しに運動したいなどと言ったのだな。いいぞ、汗まみれになるまで愛してやる」

そのとき扉がノックされ、補佐官が次の謁見者が登城したと知らせに来た。

ソレイユは胸を撫でおろし、エルネストは諦めたように顔を上げた。その拍子に柔らかな銀髪がソレイユの頬を掠め、そこから微弱な痺れがじわじわと湧き上がってくる。

意識はエルネストの言葉や行動に翻弄され、惑わされ、振り回されている。けれど身体は彼の激しい熱情を求めているようで、自分で自分を持て余してしまう。

「困っている国民をないがしろにはできんな。仕方がない、謁見室に向かうか。ソレイユも来るがいい」

「は、はい……」

エルネストが手を差し出し、おずおずとその手を取る。すると彼は、嬉しそうな笑みを浮かべた。

エルネストはソレイユの手をひっくり返し、納得したように頷く。

ソレイユの手のひらの傷は、彼の手当てによりすっかり癒えていた。時折こうやって確認しては、傷痕が薄くなっていることに喜びの顔を見せる。

ソレイユは、エルネストが見せる万華鏡のような表情に、心を乱されていた。

§　§　§

ソレイユは割と充実した日々を、アーガム王城で送っていた。

最初の頃は彼の意地悪で服をもらえず、シーツを巻きつけるだけの生活を送らされたが、今は用意されたドレスを着用している。

誰が選んだのかは知らないが、どれも華美すぎず地味すぎず、ソレイユの髪や目の色に合うものばかりで、とてもセンスがいい。

パンプスや小物類もちゃんと用意されていて、いつの間にか服が一枚もなかったクローゼットは、ソレイユのドレスや小物でいっぱいになっていた。

そして最初の頃とは違い、城内を歩くこともできる。といっても、必ずエルネストが一緒であるが。

監禁されなくなったのはいいが、政務の手伝いとして謁見の場に顔を出し、必ず意見を求められる。

彼は逐一ソレイユに意見を求めるし、ソレイユも彼に自分の考えを説明した。

この三年間、女の身でありながら将来家業の手伝いがしたいと思っていたソレイユは、それなりに経済や政治などの勉強をしていた。

そのおかげで、どの案件もまったくわからないということはなかった。

時には知識不足でまったく意見を言えなかったり、感情的になってしまって公平に判断できなかったりもする。エルネストはそんなソレイユに、惜しみなく知識を与えてくれた。

ソレイユは彼の政務の手伝いをしているうちに、アーガム王国が抱える問題をいくつも知ることになる。時折、エルネストと一緒に打開策について頭を悩ますこともあった。その対価として、彼は約束どおり王城の図書室を使わせてくれた。

エルネストからは政治関連の本を読むようにと言われ、一日一冊はそれらの本を手にしている。

ソレイユは、彼が選んだ本を次々と読破した。

彼の本選びのセンスはとてもよい。わかりやすく面白い本ばかりを薦めてくれるのだ。政務の合間に、彼とふたりで静かに過ごす時間も増えた。……そう、増えてしまったのだ。不本意ながら。ヘタをしたら、二十四時間彼の隣にいることになる。

そして今日もソレイユとエルネストは、図書室で本を読んでいた。エルネストは隣で資料の束に目を通しており、時折ソレイユに視線を移しては「わからぬことはないか？」と訊いてくる。

それが彼の息抜きのタイミングだと知ってからは、わからない事柄はまとめてそのときに教えてもらっていた。

彼の知識量はかなりのもので、教えるときは真面目で、ソレイユとしては大変ありがたい。教えかたもわかりやすくて、とても気に入っていた。

彼は、様々な意味で指導者としての資質を持っているのだろう。

つまり、正直に言ってしまうと、国王としてのエルネストは、たいそういい男なのである。

噂で聞いたような冷酷無比な独裁王ではない。……精力的でスケベで、女遊びが激しいという面は噂を上回っているが。

「でも、それも……ちょっとなんか聞いたのと違うのよね」

精力的ではあるしベッドの中では果てしなくエッチだが、女遊びを繰り返している様子はない。何をどうしたら、そんな噂が立つのだろう。

「何か言ったか？」

エルネストがふと視線を上げ、ソレイユを見つめてくる。

「いえ、なんでもありません。独り言です」

「余裕だな。私がよく読んでおくようにと言った章は理解できたのか」

「まだです。この章にある、適正価格をどうやって決めたらいいかという問いに悩んでいます。市場における適正価格とは、誰がどうやって決めるのでしょう？」

「ふむ……適正な価格か。売る側と買う側それぞれに、価格の判断基準があるものだ。売る側は仕入れ価格から算出し、買う側は市場に出回る似た商品から相場を推察する。

それらに差異がないようにしなければ、市場経済は盛り上がらん。しかし適正価格は存在しても、適正利潤なるものは存在しないと言われており……」

ソレイユは彼の説明が面白くて楽しくて、次々と浮かんだ質問を口にしていった。

「今度、バザールに行って市場調査でもしてみるか。市場の適正価格を見抜く目は、バザールの連中が一番だ」

「バザール！　私、行ってみたいです！　あ、でも……」

エルネストが交易に力を入れているアーガム王国の王都では、近隣諸国のみならず遠方からも行商人が訪れ、半年に一度大きなバザールが開かれる。ただそのときは少しばかり王都の治安が悪くなり、スリや暴行といった犯罪が増えるのが常だった。

「危険だから、ひとりでバザールに行ってはいけないとお父様に言われているのです」

割と自由に出歩かせてもらっていたソレイユだが、バザールだけは行ってはいけないと、父親から口を酸っぱくして言われていた。

「ひとりではないぞ。私が同行する」

「エルネストが一緒に行ってくれるのですか？」

「当然だ。そなたひとりでなど行かせん。バザールの時期は、他国から客がわんさと押し寄せる。王都の警備兵は増やすが、どうしても犯罪が増えてしまうから、夜は子供や女性は出歩かないよう呼び掛けている」

「でも夜のほうが楽しいです。食べ物の屋台が出るのも、花火が打ち上がるのも夜ですから」

「そうだな。私も屋台の食べ物を食べるのが楽しみだ。……ということは、子供たちも屋台料理を楽しみにしているということだな。もっと兵を増やすか……」

ソレイユは、エルネストが屋台の食べ物を好きだということが、今ひとつピンとこなかった。

「屋台に行かれるのですか？」

「もちろんだ。なかなか美味い。ただし変装してこっそりと行く」

「変装……」

「髪をくくってコートの中に隠し、フードを深く被って顔が見えないようにする。近衛兵も補佐官も連れていかん。あれも駄目、これも駄目とうるさいからな」

変装して王城を抜け出し、こっそり屋台の食べ物を食べる国王。シュールな図が脳内に浮かび、思わずふふっと笑ってしまった。

それを見たエルネストが、椅子から立ち上がる。

ソレイユの背後に立つと、長く筋肉質な腕を伸ばし、ふわりと抱きしめてきた。

「エ……エルネスト？」

図書室でスイッチが入ることなんて、これまでなかったのに。

何がエルネストの情欲を駆り立ててしまったのだろう。

エルネストはソレイユの首筋に顔を埋めて、何度もちゅっちゅっと唇を這わせてくる。

「笑ってくれ」

耳朶を掠めるように、彼の甘い吐息が漏れる。

「私にそなたの可愛い笑顔を見せてくれ。怒った顔も拗ねた顔も可愛いが、やはり……」

振り向くと、エルネストの唇とソレイユのそれが重なった。触れ合うだけのキスだが、それでもソレイユの心に甘やかな気持ちが込み上げる。

「笑顔が一番好きだ。笑ってくれ、私のソレイユ」

――私のソレイユ。

少し前に言われたなら「妙な独占欲を持たないでください。所有権も主張しないでください」と返しただろう。でも今は嬉しい。照れるし、気恥ずかしいけど、心の底から嬉しい。

頬を薄紅色に染めて、小鳥のようなキスを仕掛けてくるエルネストを潤む目で見つめる。

月の光を映したような艶やかな銀髪。エメラルドのような緑の目。

鼻梁は高く、ふっくらとした唇に男の色気を感じる。頬骨が少し高いのも男らしい。しっかりとした首に肩。厚みもあるし幅もある。でも剛健とか武骨とか、そんな印象ではない。優雅で気品のある国王陛下。外見だけなら、こんなに美しい男性は見たことがない。

それだけではない。エルネストは内面も素晴らしい。国王としての判断力、知識、そして器。

普段の彼は、素晴らしい国王陛下だと称していいだろう。顔、体格、頭脳、資質。どれをとっても申し分ない。

無限とも思える体力も、見方を変えれば美点なのかもしれない。

夜になると、彼は才知と徳を兼ね備えた立派な君主から、愛を囁きっぱなしの絶倫王へとエロチェンジするから油断ならないのだが。

「そなたのすべてを愛している。ソレイユ。結婚してくれないか」

「……それは」

エルネストは面を上げて、銀の髪を気だるげにかき上げ肩を竦める。

彼に気持ちが傾いていると自覚していても、ソレイユはかろうじて一線を保っていた。

エルネストのプロポーズに、まだ首を縦に振っていないのである。

「なぜ私の求婚を頑なに断るのか」

「逆にお訊きします。なぜ私にプロポーズするのですか？」

「むろん、そなたが可愛いからだ。それ以外にない」

何食わぬ顔で返すので、ソレイユはそれ以上追及できない。

「か、可愛いって……もっとちゃんと納得できる返事をください」

「納得も何も。そなたが誰よりも可愛らしく、何より愛しいからだ。これ以上の理由などあるまい」

答えになっていない。だからソレイユも求婚を拒み続け、平行線のやり取りが続いている。

「エルネストは目がおかしいわ」

「私の視力はよいほうだ」

「結婚してくれ」「それは、ちょっと……」と押し問答している最中に、補佐官が午後の政務の時間だと知らせに来たので、この話はそこまでになった。

可愛いなんて自分ではまったく思っていないソレイユは、可愛いから結婚してほしいという彼の言葉を鵜呑みにはしていなかった。

（ほかの理由があると思いたいけど……でも彼は可愛いとしか言わないんだもの。信じられるわけがないじゃない……）

もやもやした気持ちを抱えたまま謁見室に向かう。そこに現れたのは、これまでにないほど身なりのいいひとたちだった。

「国王陛下。今日こそは考え直していただけるよう、陳情書を持ってまいりましたぞ」

「しつこいな。何度申し立てても、私の考えは変わらぬ」

彼らが何者かさっぱりわからないソレイユに、補佐官がこっそりと耳打ちしてくれる。

彼らは解体された元老院の元メンバーで、ひときわ華美な服装をしているのが最高責任者だったトレモイユ公爵だという。

その男が、大勢の腰ぎんちゃくみたいなのを連れて、元老院を再び設立しようと陳情してきたのだ。

エルネストが終始無表情だから、好ましいひとたちではないと知れる。

トレモイユ公爵は、元老院がこの国にどれほど必要かを延々と述べた。

補佐官が何度も謁見時間の終了を告げ、次の仕事に差し支えると伝えたが、トレモイユ公爵はまったく聞き入れようとしない。エルネストは呆れた様子で、トレモイユ公爵をねめつけた。

「トレモイユよ。何度陳情しても、私の考えは変わらぬ。元老院など誰も必要としない機関。アーガム王国の未来には必要ない」

「何をおっしゃるのです。国王陛下のお父上……前国王は、我らを頼り、様々な助言を受け入れてくださいましたぞ。我々と王家の間には信頼関係があったのです。それをぶちこわすおつもりですか。今ならまだ間に合います。さあ、元老院を再び設立するとおっしゃってください」

トレモイユの強引な嘆願に、エルネストは冷ややかな顔を返す。

「……そなたたちの助言の中身はいつでも、上位貴族がいかに国民を食いものにするかといったものだ。我が父はそのことに悩んでいたが、意志が弱く対抗できなかっただけだ。信頼関係？　そんなものは最初からない」

とりつくしまもないエルネストに、トレモイユは懸命に持論を主張する。

「何を……！　食いものとは失礼な！　我々上位貴族は、アーガム王国の隆盛のために労を惜しまず尽くしているのです。そのための資金を税から捻出しているに過ぎません。それに亡き前国王を意志が弱いなどと、そのように悪く言うものではありませんぞ」

エルネストは彼の述べる薄っぺらい言葉に対し、ふんと鼻を鳴らした。

「私が記憶する限り、そなたたち元老院が国民の喜ぶことをしたことは一度もない。自分たちの利益になることには労を惜しまなかったようだがな」

「ほう、何を根拠にそのようなことを。証拠は……おありですかな？」

トレモイユが見せる執念深そうな目に、傍らに立っていたソレイユの背筋が凍りつく。

圧迫感がすごすぎて、身じろぎひとつできない。

そんな緊迫した空気を払いのけたのは、冷静な態度を崩さないエルネストだ。

「何度陳情しても一緒だ。元老院の再設立は認めぬ。何度来ようとも、私の考えに変わりはない」

「国王陛下！」

エルネストは面倒くさそうに、近衛兵に命じて扉を開けさせた。

さっさとそこから出ていけとばかりに、顔を背ける。

「お若い……その傲慢さ、いつか痛い目にあっても知りませんぞ」

「脅しか？　意味のないことを」

エルネストが一笑に付すと、トレモイユは恨めしそうな表情をする。

「……陳情書だけはお受け取りいただく。我々もアーガム王国の国民ですからな。そこに記載されている者たちの名を見ればお考えも変わりましょう」

そう言われても、エルネストは眉間に皺を寄せるだけで何も返さなかった。

公爵たちは補佐官に陳情書を押しつけると、鼻を鳴らして帰っていった。

予定より一時間も延長している。エルネストは玉座から立ち上がると、首をコキコキと鳴らした。

「夕方の公務は六時からにする。休憩くらいはゆっくりと取りたい。ソレイユ、部屋で私と一緒に紅茶を飲んでくれないか」

いつもなら傲慢に「お茶に付き合え」とか「私と一緒に食すると楽しいだろう？」とか上から目線なのに、今は懇願するような物言いをした。

「はい」

彼にそんなふうに頼まれたら無下にもできず、エルネストの部屋で遅めのアフタヌーンティーを取ることにする。

いつものことだが、厨房で作らせたサンドイッチやスコーンなどを、エルネストは自らトレイに載せて部屋に運びこんでくる。

「なぜいつもご自分で運ばれるのですか？」

そう訊くと、なんとも気恥ずかしい答えが返ってきた。

「朝はそなたの気だるい姿を誰にも見せたくないし、昼は気の抜けたそなたの無防備で可愛い顔を誰にも見せたくない。夜は当然……つまり、そなたの可愛い面を見せたくないから、誰も部屋に入れないだけだ」

臆面もなくそう言い切られて、こっちが赤面してしまう。

照れ隠しに、三段トレイの大皿に盛られたサンドイッチを摘まみ上げると、すぐにもぐもぐと頬張る。

その隣で、エルネストが眉間に皺を寄せ、右手でティーカップを持ったまま考え込んでいる。

(やはり、さっきの元老院のひとたちが気にかかるのかしら？　トレモイユ公爵……どこかで名を聞いたような……)

元老院は謎に包まれた雰囲気があって、構成員の名前はあまり表に出てこなかったので、ソレイユはよく知らない。

じっとエルネストを凝視していると、ソレイユの視線に気がついたのか、彼が優美な笑みを浮かべた。

「そんなに私を見つめてどうした」

「なんでもありません。ただ……」

ソレイユは目を逸らすと、たどたどしくだが、こう口にした。

「政務が大変だなあと感じたのです。国民のために、最上の政治を行おうとするエルネストはとても立派です。私、ちょっと誤解していたかもしれません」

「そうか！　ソレイユにいいところを見せたくて、いつも頑張っているのだぞ。そろそろ私への思いが膨れ上がってきたのではないか？」

「え？　思いが膨れ上がるって……いえ、そこまででは……」

「ソレイユに褒められたら、私も悦びで膨れ上がりそうだ。特に下半身がな」

顔を引きつらせて固まるソレイユを見て、エルネストが楽しそうに笑う。

「今日の仕事も早く終わらせて、ソレイユを思い切り抱きしめたい。朝まで啼かせてやる」

前言撤回。やはり国王陛下はただのドエロでしかない。ソレイユは余計なことを一言も言わぬよう、黙ってひたすら紅茶を飲んだ。

夕方の謁見へ向かう途中。エルネストを探していたらしい補佐官が、彼の姿を見つけて慌てて飛んできた。補佐官にそっと耳打ちされ、エルネストの眉間にぐっと深い皺が刻まれる。

補佐官の様子からもエルネストの表情からも、あまりいい話とは思えない。何事なのだろう。

彼は重く嘆息すると、ソレイユに向かってこう言った。

「ソレイユ。ひとりで部屋に戻ってくれないか。私は緊急で向かわねばならないところができた」

「政務はよろしいのですか？」

「キャンセルせざるを得ない」

大事な政務をキャンセルするとは、よほど急ぎの案件なのだろう。

「はい。わかりました」

素直にそう返事をする。深刻そうなふたりの顔に、ソレイユは何も訊かなかった。

エルネストは手を伸ばし、ソレイユの頬をそっと撫でてきた。それから金髪を一筋摘まみ、お辞儀をするようにソレイユの髪に口づけた。

「行ってくる。いい子で待っているんだぞ」

「はい。行ってらっしゃいませ」

ついそう答えると、エルネストが嬉しそうに目尻を下げた。

うっかり妻みたいな返答をしてしまって、自分でもこの生活に染まりつつあるなあなんて思う。

そんなソレイユを置いて、エルネストと補佐官は早足で廊下を歩いていった。

「何があったのかしらね。急を要する感じだったけど……」

ソレイユは踵を返し、ひとりでエルネストの部屋へ戻る。

途中の廊下には、いつもいる近衛兵が立っていなかった。普段なら、城内の警備をしつつ、ソレイユが勝手にどこかへ行かないよう見張っているというのに。

「もう逃げないと思われたのかしら？　それとも忙しいとか？」

ぶつぶつと独り言を呟いていると、突然曲がり角から、勢いよく男性が現れた。

危うくぶつかりそうになり、ソレイユは慌てて身を引く。その拍子に、バランスを崩してしまった。

「あっ……」

もう少しで転んでしまうというところで、男性が手を伸ばしてソレイユの背を支えてくれた。

「……ありがとうございます」

慌てて体勢を整え、頭を下げる。

「いや、こちらこそ急に飛び出して申し訳なかった。君は、モンターニュ子爵家の令嬢……確かソレイユと言ったね」

そう言われて、ソレイユはゆっくりと面を上げた。

「あなたは……」

ぶつかりかけた相手は、エルネストの弟ジェレミーであった。

「ぼくのことを覚えている？」

「お、覚えております！　ジェレミー殿下！」

緊張して、上擦った声が出てしまう。恥ずかしくて照れくさくて、慌てて頭を下げて真っ赤な顔を隠した。

すると楽しそうな笑い声が聞こえてきて、恐る恐る顔を上げる。ジェレミーの目を見張るような美貌を間近で見てしまうことになり、ソレイユはもっと気恥ずかしくなってしまった。

「緊張しないで。それにしても……見違えたね」

「え？」

きょとんとするソレイユに、ジェレミーがウィンクをした。

「ぼくは、君が男の子みたいな服を着ていた姿……それも汚れてぐしゃぐしゃだったときしか見ていないから」

あの悲惨な晩餐会のことを思い出して、いたたまれなくなる。

王城で過ごすうちに、万が一ジェレミーに会えることがあれば、次こそは礼儀正しく淑女のように挨拶をしよう、そして先日の無礼を謝罪し、助けてくれたことに対し、ちゃんとした礼を述べなければと考えていた。

しかし、突然不意打ちのように再会してしまったので、ソレイユは気が動転してうまく話せなくなってしまう。

そして一番肝心なこと——三年前の救世主は、あなたですか？　と確認したい。

「あ、あの……」

ドギマギしてうまく話せないソレイユに、ジェレミーは艶やかに微笑んだ。そしてソレイユより先に口を開く。

「ビロードの赤いドレスがすごく似合っている。君はとても綺麗なんだね」

「えっ……！」

ソレイユの顔がますます真っ赤に染まる。その気になってはいけない。ジェレミーは社交辞令で言ってくれているのだから。本気にしたら駄目だ。

「き、綺麗なんかじゃないです！」

力いっぱい否定してしまい、ジェレミーが目を見開いてびっくりしている。ソレイユは、慌てて身を縮めた。

（恥ずかしい。もう、穴があったら入りたい。王弟殿下の前で、こんなに興奮するなんて、死んでしまいそう）

ジェレミーは、ふっと笑いながらソレイユの髪を指に絡めてきた。

「お世辞じゃない。本当に綺麗だよ。君の金髪も、青い目も」

ソレイユの鼻先に、ジェレミーの秀麗な顔が近づく。

こんなに近距離だと、ソレイユの激しい心音が彼に聞こえてしまうのではないだろうか。

「ジェレミー殿下の……髪のほうが美しいです。ここまできらびやかな銀色の髪は見たことがありません」

エルネストも同じ銀髪だが、ソレイユの脳裏からはそのことが抜け落ちていた。

「ありがとう」

ジェレミーにとっては、聞き慣れた賛辞に違いない。でもジェレミーは、ソレイユのたどたどしい褒め言葉に対し、とても照れくさそうな顔をした。

それがなんというか、謙虚で朴訥（ぼくとつ）に見えてとても好ましい。

「君がしばらく王城に滞在すると聞いていたのに、まったく姿を見なかったから心配したよ。元気そうで安心した」

エルネストと一緒に城内をウロウロしているので、姿をまったく見ないなんてことはないはずだが、ソレイユは目と鼻の先にあるたおやかな美貌に圧倒されて気づかない。

「はい。実は私……エ……」

思わず「エルネストに監禁されていたので」と返しかけて、はっと口を噤む。けれどジェレミーは真摯な顔で訊いてくる。

「もしかして兄さんに捕まっているのかい？」

ソレイユは返答に迷い、肯定も否定もしなかった。するとジェレミーが呆れたように大きく首を横に振る。

「なんて、ひどい……」

「あ、あの……私……」

ジェレミーは困惑するソレイユに、にっこり笑った。

「安心して。兄さんは飽きっぽい性格なんだ。あのひとの噂を聞いたことがあるだろ？本当に女性をとっかえひっかえ、悪行三昧なんだよ。すぐに君を捨ててどこかに行ってしまうと思う」

ジェレミーはソレイユを安心させるため、そのような物言いをしたのだろうが、ソレイユは嬉しいと思うより先に胸の奥がズキンと痛んだ。

「そ、そうなんですか……」

「ああ。だから君につきまとうのは今だけだよ。少しの間だけ、我慢してくれるかな」

エルネストに拘束されるのが辛いと思っていたのに。飽きられたら万々歳だと思っていたのに。

そうなってしまったらどうしようという気持ちが、心の底から染み出す。

愛しているとか可愛いとか言われて、すっかりその気になってしまっていた。

エルネストは遊びの延長でしかなかったのに、ソレイユだけが本気で……

慄然とするソレイユを見て、ジェレミーが慌てて言葉をつけ足す。

「君みたいに真面目そうな女の子に手を出すなんて、身内として恥ずかしいよ。兄に代わってお詫びする。本当に申し訳ない」

王弟という立場にあるひとなのに、ジェレミーはソレイユに深々と頭を下げた。

その姿を見て、ソレイユのほうが困惑してしまう。

「頭を上げてください。お願いです。私なら大丈夫です。本気にしていませんから……」

言いながら、心が苦しくなる。でもここは無理にでも笑わなければならない。

そうでないと、優しいジェレミーに余計な心配をかけてしまう。

「何かあれば相談に乗るよ。気軽に声をかけてね」

「そんな……王弟殿下のお手を煩わせるなんて……恐れ多くてできません」

「気にしないで。ぼくは、あなたのように可憐な女性を悲しませたくないだけだから。約束して。何かあれば必ずぼくを頼ってくれると」

ジェレミーはにっこり笑うと、すっと手のひらを胸にあて騎士のような礼をした。

「王弟殿下……」

「ふたりきりのときはジェレミーと呼んでくれないかな」

呼び捨てになんて絶対できない。不敬罪に問われるとかそういうことではなく、恐れ多くてできないのだ。だから名前の件には触れず、丁寧に頭を下げてお礼を言う。

「ありがとうございます。遠慮なく頼らせていただきます」

小さくそう呟くソレイユを、ジェレミーは心配げにじっと見つめてきた。

なんて素敵なひとだろう。晩餐会でも意地悪連中から助けてくれたし、今も相談に乗ってくれるなんて。

「さて、君はどこに行くつもりだったの？」

そう問われて、はっと現実に立ち戻る。

「エルネスト……国王陛下の部屋に戻るよう言われております」

ジェレミーが首を傾げ、苦笑を浮かべる。

「じゃあ、そこまで送ろうね」

「いいえ、すぐそこですので……」

「いいから。ぼくが送りたいんだよ」

「……ありがとうございます」

それほど遠くないので断ってもよかった。しかし思いのほかジェレミーの押しが強くて、ソレイユは彼と並んで廊下を歩くことになる。

しばらく歩くと、ジェレミーがソレイユの前に手を伸ばして足を止めた。何ごとかと問う前に、人差し指を口元にすっと立てる。

「兄さんの声が聞こえるね……」

「え？　でも、何か急ぎの用があるって……」

彼の目線の先には、エルネストの部屋がある階に上る階段がある。そこから何やら話し声が聞こえてきた。

ジェレミーの言うとおり、声の主はエルネストだ。彼は楽しそうに誰かと会話をしていた。

話し相手が誰かはソレイユの位置からでは見えないが、彼の硬質な声がこう言い放った。

「本当に騙しやすい奴だ。私の心の内を読むには、少々幼すぎるな」

「そうですね。国王陛下を出し抜くのは不可能でしょう」

話している相手は補佐官だ。急ぎの用だと言ってふたりは一緒にどこかへ行ったはずだが、踊り場で一体何を話し合っているのだろう。

立ち聞きなんて失礼だとわかっていながらも、会話の内容が不穏に思えて耳を傾けてしまう。

けれどジェレミーに腕を引かれ、心を残したままその場を離れることになる。

「やはり……兄さんは……なんてひどいことを……」

しばらく歩くと、ジェレミーが沈痛な声を漏らした。

「ジェレミー殿下……？」

「今から私が口にすること……信じるか信じないかは、君の判断に任せる」

「え……？」

突然ジェレミーの声が低くなり、鋭い目つきでソレイユを凝視してきた。

「君は兄さんに騙されている。今王城では、みっともない格好の女をその気にさせるゲームが流行っているんだよ。君はそれのターゲットなんだ」

「私が……？」

ジェレミーの言葉が、にわかには信じられなかった。エルネストがゲームのためにソレイユを騙すなんて考えられない。だが、ジェレミーが嘘を言う理由はどこにもない。

一体何が真実で、何が嘘なのだろうか。

慄然（りつぜん）としたまま動けずにいるソレイユに、ジェレミーが深刻そうな顔で告げる。

「兄さんには恋人がいる。ヴィオレーヌだ」

「そんな……」

「現実を見てくれ。これは真実だ。兄さんはゲームで賭けをしているんだよ。男装の君に愛を囁（ささや）き、自分に夢中にさせ、その気にさせたあと、ごみくずのように捨てる。ぼくは、泣いて王城を去る女性を何人も見てきたよ。みな、心に傷を負って人間不信になっていった」

「冗談はやめてください。だって……」

『笑顔が一番好きだ。笑ってくれ、私のソレイユ』

『そなたのすべてを愛している』

あんなに甘く優しく愛を囁（ささや）いてくれたのは、全部ゲームのためだった?

信じたくない。確かに最初はエルネストの泉のように湧き出る愛の言葉を信じていなかった。

でも今は違う。彼のことを、心から信じてしまっている。だからジェレミーの言葉を信じられない。いや、信じたくない。

「エルネストは……私に……」

慄然とするソレイユに、ジェレミーが気まずそうな顔をした。

「兄さんを名前で呼んでいるの？」

「あ……申し訳ありません。失礼いたしました」

動揺して、つい口が滑ってしまった。咎められるかと思っていたのに、ジェレミーが口にしたのはまったく別のことだ。

「本当に兄さんは罪作りだ。これまでもそうなんだよ」

「これまで……とは？」

ジェレミーは困った表情で、肩を竦める。

「ゲームで弄ぶ女性には、自分の名を敬称抜きで呼ばせるんだよ。女性は特別扱いされていると思って有頂天になる。国王を呼び捨てにするんだからね。それで相手は愛されていると、すっかり信じてしまう。それが兄さんのゲームのやりかたなんだ」

ソレイユの視界が一瞬真っ暗になる。フラフラと壁にもたれかかると、慌てた様子のジェレミーがソレイユの身体を抱きしめてきた。

「大丈夫かい？」

ソレイユはジェレミーの腕の中で、今にも倒れそうな眩暈に耐える。

「どこかで休んだほうがいい。それとも……」

そこに、ひとりの女性が現れた。

「あら……ジェレミー殿下と、モンターニュ子爵令嬢ではありませんか」

たった今名前が出たばかりのヴィオレーヌが、扇の羽根で口元を隠しながら近寄ってきた。

「ヴィオレーヌ。どうして王城に？」

ジェレミーが怪訝な表情で問うと、彼女は何食わぬ顔でこう返してきた。

「うふふ……国王陛下から逢引のお誘いをいただきましたの」

(急用だといって政務をキャンセルしたのに、ヴィオレーヌと逢引だなんて……)

真っ青な顔のソレイユを見て、ヴィオレーヌがわざとらしく肩を竦める。

「あら……わたくし、言ってはいけないことを口にしてしまったかしら？」

「ああ……彼女は、君と兄さんが逢引していると聞いてショックを受けたんだよ」

「まあ、そういえば彼女が今のターゲットでしたわね。ごめんなさい」

ヴィオレーヌはまったく悪びれた様子もなく、楽しそうに笑った。

「こうなってしまっては、隠していても無意味ですわね。わたくしからソレイユさんに説明してもいいかしら？」

「……君の好きにしたまえ」

ジェレミーが許可すると、ヴィオレーヌはふふっと笑いながら話し始める。

「国王陛下があなたに優しくしたのは、彼がしているゲームのためよ。下位貴族のあなたが、いつ国王陛下に骨抜きにされるかを賭けた……ね」

「ヴィオレーヌ。言葉を選んで話したまえ」

ジェレミーが鋭く叫ぶが、ヴィオレーヌは目を細めるだけで話すのをやめなかった。

「ばれてしまったのなら、もうこのゲームは終了ね。ソレイユさん、あなたはわたくしたちの遊び道具だったの。恥をかきたくなければ、これ以上調子に乗らないことよ」

「でも……でも……証拠がありません。私をそんなゲームで騙そうとしていた証拠が……」

ソレイユは、彼女の言葉を鵜呑みにできなかった。彼らに何を言われようとも、それを打ち消すようにエルネストとふたりで過ごした数日間が、まざまざと浮かぶ。

そんなソレイユの耳元で、ジェレミーはそっと囁く。

「……ソレイユ嬢。さっき、兄さんはなんと言っていた？」

急用ができたと言い、どこかへ行ってしまったはずのエルネスト。彼は階段の踊り場で、補佐官と楽しそうに話をしていた。

「君のことを騙しやすい奴、心の内を読むには幼すぎると漏らしていた。あれが……多分そういうことだと思うよ」

さっきのエルネストの言葉は、偽の愛に騙されて、すっかりその気になっていたソレイユのことを指していた……？

ソレイユのことを騙しやすいと。エルネストの心を読むこともできない子供だと。

「きっと補佐官と一緒に、純粋な君が信じ込んでいることを笑っていたんだろうね」

「あ……」

目の前が暗くなる。エルネストへの思いで苦しくなって、足元が崩れていくようだ。

「ぼくは兄さんの性格を知っているから、すぐにピンときたよ。ああ、いつもの悪趣味なゲームだなって」

呆れたように嘆息するジェレミーの隣で、ヴィオレーヌがこう言った。

「わたくし、国王陛下のこのお遊びには飽きてしまっているの。だからあなたが王城にとどまらなければいいと思って、晩餐会ではいろいろ意地悪を言ったんだけど無駄だったみたいね。わたくしにも責任があるわ。恨んでくれて結構よ」

「ヴィオレーヌ、君は悪くない。悪いのはすべて兄さんだ。そんな兄さんだけど、君だけは見捨てないでくれ」

「もちろんよ。わたくしと国王陛下は相思相愛ですもの。残念なことに、わたくしは家督を継がねばならぬ身。だからこうやってひっそり、愛人という立場で我慢するしかないの」

ソレイユの目に熱い雫が溜まり、睫毛をしっとりと濡らす。

それからいくらもしないうちに頬を幾筋もの涙が伝い、ソレイユは自分が泣いていることに気がついた。

ソレイユは、やっとエルネストへの愛を認めた。自分の心に秘めた彼への思いを悟った。

「私、こんなにエルネストのことを……」

——愛していた。愛してしまっていた。

裏切られて死にたいと思うほど、彼に心惹かれてしまっていた。

胸を押さえて背を丸めるソレイユを、ジェレミーが困った顔でのぞき込む。

取り繕うことも、心配させまいと嘘の笑顔を見せることすらできない。

「ソレイユ嬢……不憫な……」

痛ましそうに言うジェレミーの声も、ソレイユの耳には届かない。

もう足元が真っ暗で、ソレイユだけが世界から取り残されてしまったような心地になる。

「ソレイユ嬢はぼくに任せて、君はもう行きたまえ。ヴィオレーヌ」

ジェレミーに言われ、ヴィオレーヌは扇で口元を隠すと、忌々しそうな顔で踵を返した。

彼女が去ったあと、今にも倒れそうなソレイユに、ジェレミーが優しい声でこう囁く。

「ソレイユ嬢。ぼくが君を助けてあげる。この悪趣味な王城から、非道な兄さんから、君を逃がしてあげるよ」

第五章　裏切りと虚構と本物の悪魔

ソレイユはジェレミーに手を引かれ、フラフラとその場を後にした。

なぜか彼は近衛兵のいない場所がわかっているようで、誰にも出会わず移動することができた。

「こっちの階段から下りよう。兄さんに見つからないルートがある」

ジェレミーに誘導されるがまま階段を下る。エントランスではなく、裏口へ連れていかれたが、ここにも近衛兵はいない。

さすがにおかしいと感じ、ジェレミーにどこへ行くのか問おうとした。

「あ、あの……」

「急いで。兄さんが騒ぎ出す前に、ここから出ないといけない」

彼の深刻な表情と口調に、ソレイユは何も言えなくなってしまう。

裏門を出て少し歩いた場所に、一台の豪奢な馬車が停めてあった。

「さあ。乗って。君を助けてあげたいんだよ」

「は、はい……」

ジェレミーに促されるまま馬車に乗り込むと、彼が御者に何やら指示を出す。

何が何やらわからないまま、ジェレミーの指示どおり動いたが、果たしてこの行動は正しいのだろうか。不安に思うものの、すでに馬車は見知らぬ馬車道を走り始めていた。

整備された広い一本道。右側には広大な森林が広がり、反対側は大きな川だ。

ところどころ外灯は設置されているが、日がとっぷりと暮れているので見通しは悪い。

急に不安な気持ちになり、ソレイユは向かいに座っているジェレミーに、行き先がどこか訊いた。

「とりあえず、兄さんに知られない場所に行こうと思っている」

知られない場所とはどこだろうか。ソレイユはますます不安になる。

「私は自分の屋敷に戻りたいです。ジェレミー殿下。お願いです。屋敷に送ってください」

彼は腕を組み、静かに首を横に振った。

「駄目だよ。君が逃げたと知った兄さんが向かう先は、当然モンターニュ子爵家だ。ゲームの勝敗にこだわる兄さんが、どんな暴挙に出るかわからない。まずはぼくの隠れ家に行くよ」

「それでは、ジェレミー殿下に迷惑をかけてしまいませんか？」

「ぼくに？　ソレイユ嬢、ぼくの心配をしてくれるのかい？」

「は、はい……」

「大丈夫だよ。兄さんは、ぼくの隠れ家を知らないから、ほとぼりが冷めるまでそこに潜んでいるといい」

　ほとぼりが冷めるまでとは、どれくらいの期間だろう。見当もつかないソレイユは、不安を抱えながら窓の外を見る。

　自分がそれほど魅力的な女性ではないとわかっていたのに、何を有頂天になっていたのか。

　現実に戻ろう。一か月前の自分に戻ろう。

　父の仕事を手伝うため日々勉強をし、男に頼らず生きるため剣の稽古をし、おしゃれなんてまったくせず、男装し帯剣して、自由に振る舞う。もとの男性不信のソレイユに戻ればいい。

　少しだけ気持ちが落ち着いたような気がする。いや、落ち着いたというのは正しい表現じゃない。

　夢から覚めたのだ。現実は、男のような格好をしている生意気な子爵令嬢を、上位貴族の連中と国王陛下が一緒になって笑いものにしていた。それだけのこと——

一緒になって……？　本当に……？

ソレイユの脳裏に、ふたりきりで過ごした日常が浮かび上がる。

エルネストはゲームのためなどに、政務の手伝いをさせるような人物だろうか？

あのとき立ち聞きしたことも、本当にソレイユのことを指していたのだろうか？

疑惑で頭がいっぱいだったときは、ジェレミーの言葉をすっかり信じてしまったが、振り返ってみると本当にそれが真実なのか怪しい気もする。ソレイユは視線を向かい側に座るジェレミーに移した。

彼の緑の目がこちらを見つめていた。どうも彼は、ずっとソレイユを見ていたようだ。

そうと気がつかなかったソレイユは、急にいたたまれなくなり視線を下げる。

広い車中だというのに、彼の膝がソレイユの膝に当たってしまう。

ドレス越しとはいえ恥ずかしくなり、さりげなく体勢を変えるが、それでも彼の長い足が触れてしまう。

「どうしたんだい？　ソレイユ嬢」

ジェレミーはそう言ってソレイユの顔をのぞき込んでくる。

ソレイユは「いえ……」と小さく返す。

「あの……私一度、王城に戻りたいです。引き返してもらってもいいですか？」

「君の屋敷に連れていけと言ったり、王城に戻りたいと言ったり。ソレイユ嬢、君の心はどうにも定まらないようだね」

ジェレミーの目つきが険しくなり、あからさまに不満そうな表情になる。

「……申し訳ございません。やはり王城に戻ります。わがままを言ってすみませんでした」

助けてくれようとしている彼の機嫌を損ねるとわかっていて、再度そう口にした。

「君は自分が何を言っているのか理解しているのか？　兄さんのくだらないゲームに、また巻き込まれるんだよ？」

「直接国王陛下にお伺いします。本当にゲームだったのかを……」

「ぼくが嘘を言っているとでも？」

「いいえ。でも……確認したいことがあるのです」

これまでのエルネストの言動や行動を考えると、彼は暇な貴族連中と女性を弄ぶようなゲームをするひとではないと思う。もしかしたらゲームに興じているふりを、しているだけかもしれない。

ソレイユは気が動転して、そのことに気がつかなかった。エルネストに問いただしてから王城を出てもよかったのだ。

「駄目だよ。もう城には戻れない」

「なぜですか？」

「そろそろ、君が王城から逃げ出してしまったことを、兄さんも知る頃だろう。今さら戻っても、兄さんは激怒すると思う。ぼくに対してね」

「ジェレミー殿下にですか？」

「そう。なぜゲームのことをばらしたのかと責め立てられるだろう。今しばらく……そうだな、兄さんの昂った気が落ち着くまで、ぼくの隠れ家にいてほしい」

ソレイユは、どうしたものかと思案した。

エルネストの考えを直接訊きたいのに、それをするとジェレミーが責められるという。

「でも、このままでは……」

真実はいつまでたってもわからない。思い悩むソレイユに、ジェレミーがこう提案してきた。

「じゃあ、こうしよう。明日の朝、王城に戻してあげる。兄さんの頭も一晩経てば、いくらか冷えていることだろうしね。それならいいんじゃないか？」

明日の朝に王城へ戻る。それが双方にとって妥当な折衷案かもしれない。

「わかりました。明日の……朝に王城へ送っていただいてもいいですか？」

「もちろん。君の意向に添うよ」

ソレイユは大人しく座り直し、座席に身を沈めた。

心がざわざわして落ち着かない。でも今はどうしようもなかった。

窓から見える風に揺らぐ木々を目にし、それが自分の情けない心を映しているようで堪らなかった。

§　§　§

二時間ほどして馬車が停止すると、御者（ぎょしゃ）が来る前にジェレミーが勢いよく扉を開けた。そしてすぐさま外に出て、彼は御者台（ぎょしゃだい）に座る御者（ぎょしゃ）に何かを指示する。

ソレイユはひとりで馬車を降り、目の前の大きな屋敷を見上げた。

周囲は真っ暗だが、屋敷のエントランス付近はやけに明るかった。

ジェレミーは隠れ家と口にしたが、想像していたより大きい。一見古そうではあるものの、しっかりとした造りのようで古城と称していいくらい立派だ。

ジェレミーが手を差し出した。紳士が女性を誘導するという行為で、きっとそれに意味はない。しかしソレイユは、小さく首を横に振った。

「大丈夫です。ひとりで歩けます」

ジェレミーは気にしたふうでもなく、ソレイユを先導するように数歩先を歩く。

今、何時頃だろう。誰かの屋敷を訪れるには、不適切な時間ではないだろうか。隠れ家とはいえこの屋敷の主人がいるはずだ。あまり遅い時間に訪れるのは失礼になる。

「あの……ジェレミー殿下。今は何時頃でしょうか。本当にご迷惑ではないですか？　夜にいきなり訪れるなんて……」

「構わないよ。第一ぼくが君を誘ったのだし」

「……でも申し訳ないです」

「誰もいないから心配しなくていいよ」

「誰も……いない？」

ジェレミーがトラウザーズのポケットから、銅色の鍵を取り出して錠前に差し込んだ。ガチャリと鈍い音がして、ギギギ……と地鳴りのような音を立ててドアが開く。

急に不安な気持ちになり、ソレイユは足を止めた。

ジェレミーが訝しげな視線を向けるが、ソレイユは胸の底から何やら得体の知れないものがざわざわと湧き上がり、足が動かなくなる。

「ソレイユ嬢？　早く入りたまえ」

そのとき、鞭のしなる音と馬の嘶きが聞こえた。振り向くと御者を乗せた馬車が、来た道を引き返していくのが見えた。

「明日の朝、迎えに来るように頼んであるから安心して」

ジェレミーが見せる天使のような笑み。今はなぜか、その微笑を見ても心が落ち着かなかった。それどころか、ますます不安が押し寄せてくる。

屋敷に誰もいないということは、朝までジェレミーとふたりきりということになる。

そんな思いが顔に出たのだろうか、ジェレミーが困ったように笑った。

「もしかしてぼくが何かすると思っているのかい？」

「そんなことは……ただ、あの……ほかに誰もいないというのが気になって」

ジェレミーは首を傾げると、驚いたように目を見開く。

「それは申し訳ないね。急だったものだから、使用人を呼ぶ時間がなくてね。世話をしてくれる使用人がいないと気になるかい？」

そんなことはない。ソレイユは割とひとりでなんでもするほうだ。

気になるのはそこではなく、ふたりきりという点なのだが、それを正直に口にするのはジェレミーに失礼な気がして口を噤む。

「一晩の辛抱だよ。さ、入って」

「は……い」

ソレイユは彼のあとについて、屋敷の中に入った。高い天井、豪華なエントランス。多少かび臭いような気はするが、荒れている様子もなく中は静まり返っている。

どこかでカサリと衣擦れのような音がした。

「え……？」

何かの気配を感じて振り向くと、ジェレミーが楽しそうにこう呟く。

「ねずみかな？」

「ね、ねずみ⁉」

思わずきょろきょろと周囲を見回すと、ジェレミーが面白そうに笑う。

「冗談だよ。ソレイユ嬢、やけに過敏だね」

「申し訳ございません……」

（いやだわ、私ったら……恥ずかしい……）

最奥の部屋のドアをジェレミーが開け、中に入るよう促された。

「しばらく待っていてくれないか。厨房で温かい紅茶でも作って持ってくるよ」

「それなら私がやります。王弟殿下にそんなことさせられません」

「気にしなくていいよ。淑女（レディ）に仕事をさせるなんて男として甲斐性がないだろ？」

「でも……」

淑女（しゅくじょ）といっても所詮張りぼてだし、たかが子爵家の娘だし。王家の男性が厨房に立つほうが問題ではと感じる。だが、ジェレミーがにっこりと笑うから何も言えなくなってしまった。

「座っていて」

彼は優しく微笑むと、躊躇（ちゅうちょ）するソレイユを置いて歩いてきた廊下を戻っていった。

ひとり残されたソレイユは、様子を窺（うかが）いながら部屋の中に入る。

ランタンの灯りがいくつか灯されており、部屋の様相がぼんやりと浮かぶ。さすが王弟殿下の隠れ家。久しく使っていないようではあるが、とても豪奢（ごうしゃ）だ。

腰かけたソファも高価な造りだろう。名のある家具職人のものかもしれない。

ゴブラン織の生地に、座り心地のよい弾力。しかし、やっぱりなんだか落ち着かなかった。

ギィ……とゆっくりとした調子で扉の開く音がし、ソレイユはそちらに視線を向ける。

「え……？」

背の高い男性らしきシルエットが、ふたつ横に並んでいる。

「だ……」

誰？　と問う前に、ソレイユは違和感の正体に気がついた。

どうしてこの部屋のランタンは灯されていたのだろう。エントランスもそうだ。誰もいないはずなのに、なぜ明るかったのだろう。

その疑問で頭がいっぱいになっていると、入ってきたひとのひとりが楽しそうな声で話しかけてきた。

「久しぶりだね、子猫ちゃん。今度こそ逃げられないよ。三年前の続きをしようか」

ソレイユは、言われた内容も、何が起こっているのかも理解できなかった。

声は明らかにジェレミーのものではなく、知らないひとのものだ。しかし聞き覚えがあるような気がして、心臓がドクンと跳ねる。胸が苦しい。この感覚はなんだろう。ますます心臓が痛くなる。

「どうしたんだい？　ウサギの如く、一目散（いちもくさん）に逃げないのかな？　昔みたいにね」

彼らをソレイユは知っている。ぎゅっと鷲掴（わしつか）みにされたようで、背中を冷たい汗が流れた。どうして？　どこで？　頭の中が混乱し、ガンガンと鉄の棒で叩かれたみたいに痛い。

ふたりの男はおもむろに近寄ってきて、ランタンの灯りが徐々に彼らの姿を浮き上がらせた。

ひとりは栗色の巻き毛。もうひとりは、おそらく赤っぽい金髪だろう。

どちらも仕立てのよさそうなジュストコールとトラウザーズを着用しており、驚くほどに美形。

彼らの姿を視界に捉えた瞬間、ソレイユの脳裏に嫌な思い出が蘇る。

三年前。アデリーヌの馬車が側溝に車輪を取られたときのこと。そのとき現れ、ソレイユを襲った男たち。確か……

「ギィ……と呼ばれていた……」

栗色の巻き毛が、金髪の男に嫌な視線を送る。

「君のせいで名を覚えられてしまったぞ」

赤毛の男は飄々と肩を竦め、まったく悪びれる様子を見せない。

「記憶力のいい子猫ちゃんみたいだね。それとも君が目を瞠るほどの、いい男だからか？」

「違うだろ。おまえが不用意に名を呼ぶからだ」

「いいじゃないか。愛称くらい」

ソレイユは、もう何がなんだかわからない。なぜ、ソレイユを男嫌いにした元凶の男たちがここにいるのだろう。

侵入者だろうか。早くジェレミーに知らせねばならない。しかし扉の前には、ソレイユより頭ふたつはゆうに大きい男がふたり立ちはだかっている。

どうすればいい？　何をすれば彼らに隙を与えられる？

「おれらと楽しく遊ぼうか。なあに、大概の女は最初はイヤイヤと貞淑なふりをするけど、すぐに自分から求めてくるようになるんだよ」

聞くに堪えないゲスな言葉に、ソレイユの心に憎悪が湧く。

「どっちが先に従順な性奴隷に仕立て上げられるか、競争しないか？」

「久しぶりに勝負か、いいね。おれが勝ったら君のワインセラーに貯蔵されている、当たり年のシャブリを開けてもらおう」

ギィが呆れたように答えた。

「ひとの家のワインセラーの中身をよく知っているな」

楽しそうに金髪の男がふふっと笑う。

「君の姉さんが自慢していたよ。ワイン通ぶっていて相変わらず面白かった」

ギィも負けじと言い返す。

「おれが勝ったら君が囲っているブルネットを貰うぜ」

「彼女を？　あそこまで淫乱に仕込むのに、結構な金と時間がかかっているんだぞ」

「いいじゃないか。シャブリを八年貯蔵するより短い時間だ。それに、はした金で買った没落令嬢だろ？」

気分が悪くなる会話に反吐が出そうになる。

このひとたちは、女性をモノとしか考えていない。もしくは、ただの性欲解消のための道具と思っている。

ソレイユはソファから立ち上がり、後ずさった。彼らはニヤニヤと薄笑いを浮かべ、一歩一歩近寄ってくる。

「い、いや……」

男たちはソレイユを逃がすまいと、少しずつ間合いを詰めてくる。ギィがおもむろに手を伸ばし、ソレイユの華奢な肩口を掴んだ、そのとき——

「ソレイユ嬢?!」

ジェレミーの声がし、ソレイユが扉に視線を向けると同時に、男ふたりも振り向く。

その隙にソレイユは膝を曲げて身をかがめ、男の手から逃れた。

ジェレミーのもとへ行こうと、ふたりの間に身を滑り込ませる。ところが、すぐに腕を掴まれ捻り上げられた。

「昔も今も跳ねっかえりなのは変わらないな。逃がすかよ」

「ジェ、ジェレミー殿下！　逃げてください！」

男たちの両腕がソレイユを拘束するように身体に巻きつく。

こんな男と密着するだけでも気持ち悪いのに、あろうことか彼らは腰や脇下を触ってくる。

それがたとえようもない不快感と怖気を生み、ソレイユの全身から冷たい汗が噴き出た。

「誰かっ……ひとを呼んでっ……！」

ジェレミーは懸命なソレイユの叫びを無視し、そろそろと部屋の壁伝いに移動すると、立てかけてあった剣の鞘を手に取った。

誰がなんのために置いてあったのかは知らないが、たおやかなジェレミーに剣が使えるのだろうか。もしこの男たちが剣技に優れていたら、ジェレミーが危険だ。

そんな懸念をよそに、ジェレミーはスラリと剣を抜き、大股で近寄ってくる。

「逃げて……私のことは……」

「放っておけるわけがないだろう。ソレイユ嬢」

ジェレミーが男たちに向かって剣を振り下ろす瞬間、ソレイユは身を強張らせ、瞼をぎゅっと閉じた。

そのまま待つこと、数秒――事態は何も変わらなかった。

悪漢が切りつけられた様子もないし、悲鳴もない。ましてや逆にジェレミーが取り押さえられた気配もない。ソレイユがそろそろと瞼を開くと、間近にジェレミーの顔があった。

気のせいだろうか、彼の目には劣情の炎が宿り、口の端はいやらしく吊り上がっているように見える。

彼は飢えたハイエナのように舌なめずりをし、涙目でガタガタ震えるソレイユを楽しそうに見ている。

「なんてね。ちょっと悪のりしすぎたかな」

ジェレミーはそう言うと、悠々と剣を鞘に収めた。

「おひとが悪い。ジェレミー殿下」

ソレイユの背後でギィと金髪の男が笑っている。

「ジェレミー……殿下……？」

彼は、喉を震わせてくっくっ……と冷笑すると、耳を疑うような言葉を放った。

「面白いね。こんなにビクついて。……やはり犯す女は、恐怖におののいてくれないと面白くないな。情事に慣れている女がいくら嫌がっても、ふりをしているのがわかって萎えるんだよ。これくらい若くて、世間慣れしていない女が楽しくていい」

今のは本当に、ジェレミーが言ったのだろうか……

信じられなくて慄然と立ちつくしていると、ジェレミーが楽しそうにソレイユを見下ろした。

「三年前取り逃がしてしまった君を、再び手中にできる機会が来るなんて実にラッキーだ」

「三年前……？　そんな……」

ギィと金髪の男以外に、ジェレミーもあの場にいた？

どういうことかと、嫌な思い出しかない当時のことを思い出す。そういえば馬車の中に、もうひとり誰かがいた。フード付きのコートを頭からすっぽり被り、腕を組んで座っていた男。

もしかして、それが――

『お嬢さんひとりで、おれら三人の相手は大変だろうけど、優しくしてあげるからさ』

あのときは気が動転していて気がつかなかったが、確かに三人と口にしていた。

最初からジェレミーは彼らの仲間、リーダーだった……？

「そんな……」

ソレイユの全身から力が抜けそうになる。ジェレミーはソレイユの小さな顎を摘まむと、鼻先に荒い息を吐きかけてきた。

「まずは口づけから覚えようか。君がぼくの舌を激しく舐ってくれるかな？　素直に言うことを聞いたら手荒な真似はしないよ。気持ちよくしてあげる。朝までじっくりと楽しもうね」

　ジェレミーが、ねっとりとした口調でそう言うと舌先を伸ばしてきた。

　気持ち悪くて堪らないのに、背後からがっしりと拘束されていて逃げられない。

　ジェレミーの指が顎を捉え、ソレイユは顔も背けられなかった。

「どうして……ジェレミー殿下……いつも優しかったのに……」

　ジェレミーは無様に転んで汚れたソレイユに、労るような笑みを浮かべて手を差しのべてくれた。

　ソレイユのことを心配して、何かあったら相談してくれと言ってくれて、親切で、穏やかで、高潔な紳士で……誰よりも気高いひとだと思っていたのに。

「すべて嘘だったの……？」

「たいていの奴は、ぼくの外見や態度に騙されてくれるよ」

　ジェレミーは悪辣とも言える言葉を吐きながら、美しく微笑んだ。

「でも嬉しい誤算だったな。三年前逃がした少女が、こんなに美しくなって再びぼくたちの目の前に現れてくれるなんてね。それにしても、なぜ男装なんてしていたんだい？　あまりに不格好で笑いを堪えるのが大変だったよ」

それは、あなたがたに襲われたことが原因で……と言いかけて口を噤んだ。

きっとこの悪魔たちに、ソレイユの思いなど理解できない。

「ひどい……。あの優しさは嘘だったんですね。もしかして……エルネストのことを悪く言ったのも……？　ゲームとか賭けとか……みっともない格好の私をその気にさせるというのも……エルネストじゃなく、あなたたちの……」

「おや？　察しがいいね。あの堅物がそんな遊びをするものか。やっていたのはぼくたちさ。君を落として共有のおもちゃにしようと計画したんだよ。まあ、実際は兄さんの監視が厳しくてなかなか接近できなかったけどね」

それはエルネストの部屋に監禁状態で、外に出るときは必ず彼がついてきてくれたから。

もしかしてエルネストは、ジェレミーの悪辣な企みに気づいていたのだろうか？　だからあんなに頑なに、ソレイユをひとりにしようとしなかったの？

「兄さんの目を君から離したかったから、少々小細工までしたよ。偽の情報を流し、近衛兵を追い払って、君がひとりになったところで偶然を装って出会えるようにしたんだ」

すべてが計画どおりと言わんばかりに、ジェレミーが楽しそうに笑う。

「おしゃべりはこれくらいにしよう。ちゃんと押さえておけよ。今から舌での奉仕の仕い方を、ソレイユ嬢に教え込むのだから」

ジェレミーがそう命じると、背後に立つギィの腕に力がこもり、横で様子を窺っていた金髪がジェレミーの持っていた剣を受け取った。

はらはらと涙を流すソレイユに、ジェレミーが再び舌を差し伸ばす。

頑なに唇を閉ざすソレイユに焦れたジェレミーが、ギィと金髪の男に目線で指図する。するとギィはソレイユの唇に指を差し込み、強引にこじ開けようとした。

「さっさとしろよ。ジェレミー殿下を待たせるな。殴られたいのか」

ソレイユを力任せに拘束しているギィは、口調も行動もすべてが荒っぽかった。彼は強引に唇を開けさせようと、グニグニと指を突っ込んでくる。

「さあ、口を開くんだ。ジェレミー殿下が、お嬢さんとの口づけを望んでいるんだよ。素直に応えれば、ひどい真似はしないと言ったよね？　君はそんなに頭が悪いのかい？」

金髪の男の口調は比較的柔らかいが、淡々としており感情がよく見えなかった。

「ギィ。君は女性の扱いが本当に下手だね。おれの令嬢を君にあげたら壊されてしまうな。この勝負、なんとしてもおれが勝たねば」

「うるさい。女なんて、どいつもこいつも一緒だろ。おいっ！　さっさと口を開け！」

鼻を摘まれ、息ができなくなる。

「ふっ……ふわぁっ……！」

嫌でも唇を開かねばならなくなったソレイユの口腔に、ジェレミーの舌が挿入り込もうとした。

「ソレイユ嬢。ちゃんとぼくの舌を吸うんだよ。美味しそうにね」

（もう駄目だ。助けて。誰か助けて）

懸命に心の中で叫ぶ。でもきっと誰も助けには来ない。ソレイユは誰にも言わず、この場所に来てしまったのだから。

だけど願わずにはいられない。このまま、こんな人でなしに汚されるなんて嫌だ。

（助けて。助けて、エルネスト――）

「……て」

「なんだって？」

「助けて、エルネスト……」

ジェレミーが蔑むように笑う。

「残念だが兄さんはこの場所を知らない。ここはぼくの秘密の別荘だからね」

それでも胸の底から上がってくるやりきれない衝動に駆られ、エルネストの名を呼び続ける。

「エルネスト、助けて。お願い、あなたを……」

疑ったことを許して。少しでもあなたの愛に疑惑を持ってしまったことを——

ジェレミーの濡れた赤黒い舌がソレイユの唇に触れそうになったとき。彼の身体が突然引き剥がされ、壁のほうへ飛んでいった。

「っ……!?」

「な、なんだ！」

続いてソレイユの頭上に拳(こぶし)が放たれ、ガツッ！　と鈍い音が立った。ギィがソレイユから手を離し、後ろに数歩後ずさる。

身体が自由になったと思った瞬間、誰かが肩に触れ、強い力で引き寄せられた。

大きくて屈強で、頼りがいのある厚い胸に抱きしめられる。ふわりと漂うのは、シトラスにベルガモットを足したような香り。ソレイユは慌てて顔を上げる。

その人物は、筋肉質な長い腕でソレイユをぐっと抱きしめると、ジェレミーたちを一喝(いっかつ)した。

「この馬鹿者が！　嫌がる女を強引に手籠(てご)めにしようなど、男の風上にも置けん！　私が成敗するから覚悟しろ！」

涙でぼやけた目で、その人物の姿を確認する。

腰まで伸びる、月の光を映したかのような艶やかな銀髪。エメラルドのように高貴な緑の目。

高い鼻梁に、少し尖った顎。精悍さと秀麗さを併せ持つ美貌の男。

「エルネストッ！」

「ソレイユ。無事か」

本物のエルネストに間違いない。どうしてここにいるのだろう。それに、今の言葉に妙に聞き覚えがある気がして……

けれどそんなことを問う余裕はない。ソレイユの目から滝のように涙が溢れ出て、声にならない声で彼の名を呼ぶしかできなくなる。

「エ、エルネス……た、助けに……」

「ソレイユッ！　なぜ私に黙って王城から出ていった！　それもジェレミーなんぞに騙されて！」

「も、申し訳……」

「謝罪するな！　あとで聞く。王城に戻ったら折檻しまくってやる。二十四時間寝かさぬからな！」

それはそれで怖い。嫌がる女を強引に手籠めにするのは、男の風上にも置けない行為ではなかったのか。

エルネストの髪は乱れ、マントも羽織っていなければ上衣のボタンも全部留まっていない。いつもきっちり着ている黒の軍服は、乱れに乱れていた。慌てて来てくれたということになる。

「兄さん。どうしてここに……」

壁に背を叩きつけられたジェレミーが、腰を撫でさすりながら忌々(いまいま)しげな表情で立ち上がった。

「不思議か？　残念だったな。貴様がまいた偽の情報に踊らされたふりをしただけだ」

ジェレミーが奥歯をギリギリと鳴らし、顔を醜悪に歪める。

「彼女を助けるためにひとりで乗り込んでくるなんて、相変わらず兄さんは無謀だね」

「貴様ら程度、私ひとりでじゅうぶんだ」

傲岸不遜なエルネストの挑発に、ジェレミーの目つきが鋭くなる。

「剣をよこせ」

ジェレミーはそう言って手を差し出すが、金髪の男はビクビクした様子で持っていた剣の鞘を抱きしめる。

「よこせ！　早く！」

「し、しかし相手は国王陛下です」

「ああ、そうだ。ただの兄弟げんかだ。剣を用いたな」

金髪の男は怒り猛るエルネストに怯えつつも、ジェレミーに剣を渡した。

彼はスラリと光る刀身を抜き、切っ先をエルネストに向ける。

エルネストもソレイユを腕に抱いたまま、腰に帯びた剣を抜いてジェレミーに向けた。

「兄さん。よくここに彼女がいるとわかったね。驚異的な嗅覚だな。感心するよ」

ジェレミーが妖しい笑みを向ける。

「ふん。貴様の考えることなど手に取るようにわかる。いつでも行動を監視していたからな」

ソレイユはエルネストがジェレミーのことを「貴様」と呼ぶことに驚く。

特に仲のよいところを見たことはないが、兄弟なのにそのような呼びかたをするとは思わなかった。

「知っていたよ。何年も見張りをつけていたみたいだね。今日は出し抜けたと思ったのにな」

「……ああ。実際に出し抜かれた。貴様がよからぬ行動を取っていると連絡が入り、急ぎ確認するためソレイユから目を離したらこれだ。つまらん小細工をしたな」

「褒め言葉と受け取っておくよ。でもすぐに陽動だとばれたんだね。この場所も割れているとは思わなかったな」

エルネストが氷のように冷たい目で、後ろの男ふたりを睨みつける。

「そいつらの動向にも……」

ギィと金髪の男はそれだけで身を震わせ、おろおろとし始めた。

「注意していたからな。この周辺でうろついているのを何回か目撃されている。騙した女を連れ込む場所だろう。とっくの昔に調べはついていた」

「ふふ……兄さんは本当に抜け目がないね。そこまでわかっていて、なぜ知らぬふりをしていたのかな？」

ジェレミーの不敵な笑みが怖い。悪事が露呈しているのに、どうして余裕のある顔をしていられるのだろうか。

「泳がして悪事の証拠を掴み、現行犯で捕縛するつもりだった。おかげで思ったより時間がかかったがな」

それを聞いたジェレミーが、片眉を上げニヤリと笑う。

「へえ……？　じゃあ兄さんは、ソレイユ嬢を囮にしたんだね。かわいそうだな。兄さんの謀に利用されて」

そう言われて、ソレイユは上目遣いでエルネストを見る。だが彼は表情ひとつ変えなかった。

その平静さがジェレミーの言葉を肯定しているようで、落ち着かなくなる。

ジェレミーが値踏みするような目で、ソレイユをねめつけた。その目からは恩情深さなど微塵も感じられず、ただ悪意をぶつけたい、そんなふうに見えた。

「ねえ、ソレイユ嬢。兄さんについたって利用されるだけだよ。愛人として身体を弄ばれるだけじゃない。自分の思いどおりにことを進めるための道具にされるんだ。それでいいのかい？」

話を逸らしたとわかっているのに、一瞬ソレイユの心に動揺が走る。だがすぐに、先ほどソレイユの身体を弄ぼうとしたのはジェレミーたちであることを思い出す。

自分たちのことを棚に上げ、何を……と言い返す前に、ジェレミーが気遣うような優しい声を出す。

「ぼくたちなら君を危険な目にあわせたりしないよ。蝶よ花よと愛でてあげる。女としての至上の悦びを与えてあげられるんだ。それなのに策士家の兄さんのほうがいいのかい？」

天使のような面持ち、甘ったるい口調。彼の唇から漏れる言葉は蕩ける蜂蜜のように甘い。

ジェレミーは剣を携えながらも、紳士然としてソレイユを巧みに惑わそうとしてくる。

ソレイユの肩に置かれた大きな手に、ぎゅっと力がこもる。エルネストの心臓が激しく高鳴っているのが、触れている部分から伝わってくる。

エルネストは冷静なわけではない。烈火のごとく燃え滾る感情が、胸のうちに渦巻いている。王者としての自覚が、落ち着きはらった態度を保たせているのだ。

エルネストが意味のないことをする男ではないことを、ソレイユは理解しているつもりだ。

彼には彼の思惑があるはず。それを聞いてからでも遅くはない。

先走ったからジェレミーたちに騙されてしまったのだ。もう二度と浅慮な真似はしない。

ソレイユはエルネストの胸に身を寄せると、彼の軍服の上衣をぎゅっと掴んだ。

エルネストが囲い込むように長い腕でソレイユの身体を包む。その光景を目にしたジェレミーが柳眉を逆立てた。

「ソレイユ嬢。お願いです。ぼくは兄さんに剣を向けている。それはすべて、あなたのためですよ。ぼくの手を取ってください。どうか……」

ジェレミーの傷ひとつない美しい指が、ソレイユに向かって差し出される。

けれどソレイユはその手を取らず、エルネストの広く逞しい胸にすがりついた。

「何度言えばわかるのですか？　あなたは囮に使われたんですよ？　くやしくはないんですか！」

ジェレミーの戯言を黙って聞いていたエルネストが、吐き捨てるように言った。

「くだらぬな。本当に貴様は幼すぎる。もうちょっと成長して出直してこい」

エルネストの言葉に聞き覚えがあったソレイユは「あっ！」となった。

『本当に騙しやすい奴だ。私の心の内を読み取るには、幼すぎるな』

もしかして、あの言葉はジェレミーのことだったのか？

けれどジェレミーは、あれがあたかもソレイユのことを指しているように思わせ、すべてゲームであると思わせたのだ。

なんという悪魔的な思考だろう。これほど悪辣で、底意地の悪いひとを、ソレイユは見たことがない。

（天使みたいな外見なのに……なんて恐ろしいひとなの……）

ガクガクと震えるソレイユを、エルネストがしっかりと抱きしめる。

「……ゲームだなんて、よくもあんな嘘を」

小声で呟いたソレイユに、エルネストが反応する。

「ゲーム？　なんだそれは」

「ジェレミー殿下が、エルネストが私を構うのは、みっともない女をその気にさせるゲームをしているからだと……エルネストの恋人はヴィオレーヌだと聞いたので……」

「本気にしたのか」

「申し訳……ありません。……その……確かに私はみっともない格好をしていたので」

エルネストがむっとしたような顔をするので、ソレイユは困ってしまう。

「やはりお仕置きが必要だな。この件が片付いたら、私の愛を骨の髄までわからせてやる」

色を含んだ脅しに、ソレイユの頬が真っ赤に染まる。その様子を見ていたジェレミーは、地の底を這うような低い声で笑う。

「簡単には騙されてくれないか。残念だな」

「おおかたソレイユを人質に取って逃げるつもりだったんだろう。貴様のくだらぬ小細工もいい加減飽きた。まもなく近衛兵がここに来る。観念して剣を下ろせ」

だが、ジェレミーは剣を下ろさなかった。緑の目にメラメラと炎を宿し、エルネストに向かって突進してきたのである。

「うるさい！　殺してやる！」

ジェレミーが剣を振りかぶった。瞬時にエルネストが、ソレイユに覆いかぶさる。

「エル……ッ！」

ソレイユの叫びは、衣を裂く音でかき消された。視界に映るのは、彼の頼りがいのある胸だけ。

エルネストの腕が緩み、ソレイユは顔を上げる。状況を把握しようと辺りを見回し、彼の腕から血が染み出しているのを見た。

「エルネスト！」

無意識に彼の腕に手を伸ばす。だが逆に、大きな身体に制されてしまった。

「ソレイユ！　私の前に出るな！」

ジェレミーが、剣をブンブンと音を立てて振っている。まるでフェンシングの教科書に載っているようなこなれた剣捌き（さば）だ。彼は多少なりとも、剣の腕に自信があるようだ。

細身の剣がエルネストの頬を傷つけ、長い銀髪を払う。はらはらと床に銀糸が落ち、ソレイユは大きく息を呑んだ。

「エルネスト……！」

彼はソレイユを背に庇（かば）いながらジェレミーの剣をいなした。

ソレイユを守ろうとして十全には動けず、エルネストの黒い軍服にいくつもの傷ができる。

もうソレイユは気が気じゃない。キンッキンッと刃のかち合う音がして、自分が攻撃されているかのように身が竦(すく)んだ。

ソレイユは自分のせいでエルネストが自由に動けないと考え、そのまま身を小さくし、そろそろと移動しようとした。

だがその先には、ギィと金髪の男が待ち構えており、ソレイユを逃がすまいと立ち塞がっている。

「こうなったら、子猫ちゃんを人質にして逃げてやる」

「おまえのせいで、ほとぼりが冷めるまで海外生活だ」

「あ、あなたたちは……」

ソレイユは、この期に及んで反省の様子もない彼らに憎悪が湧いた。

「女性をなんだと思っているの？　海外ですって？　これ以上まだ女性を痛めつける気なの？」

「うるさい！　黙れ！　くそぉ……こんな女のせいで破滅に追い込まれるなんて……」

「落ち着けよ、ギィ。あとで思う存分痛い目にあってもらおう」

ソレイユは彼らに捕まらないようにするには、どうすればいいかを考えた。

しかし部屋の中央ではエルネストとジェレミーが剣で争っており、目の前には背の高い男がふたり。逃げ道がどこにも見つからない。

「ソレイユに触れるな！」

ソレイユが追いつめられていることを横目で確認したエルネストが、声を張り上げる。

その隙を狙って、ジェレミーの剣の切っ先がエルネストの肩を切り裂いた。

「兄さん！　よそ見する余裕があるとでも⁉」

「きゃっ……！」

噴き出した血に、ソレイユの腰が抜ける。

エルネストは肩から血を流しながらも、剣を振るいジェレミーに対抗していた。

「ジェレミー！　貴様……ここまでした以上、王位継承権も王族という地位も、すべて失う覚悟があるのだろうな！」

「もとから覚悟の上だよ。兄さんこそ意外だな。彼女のためにここまで身体を張るなんてね。子爵令嬢を王妃に据えようとしているのかい？　上位貴族が黙っていないよ。特に元老院の連中がね」

「あんな前世紀の遺物、とっくに解体している。しつこいくらいに再設立を求めてくるが、あれも貴様が扇動しているのだろう。裏は取れているぞ！」

「ばれていたか。兄さんは抜け目ないね」

「貴様に言われたくない」

エルネストは怪我をした左肩を庇いながらソレイユにも意識を向け、さらにジェレミーの剣を紙一重で避けていた。

「貴様が私のよからぬ噂を流していることも知っている。若い娘が好きで夜な夜な閨にはべらせているとか、次から次に女性を物色しているとか、よくもそんなあり得ない嘘を吹聴してくれたな」

女性をはべらせている現場も物色している姿も見ていないから、おかしいなとは思っていたが、やはり嘘だったのか。

すっかり巷に定着してしまっているし、ソレイユもそう思い込んでいた。

しかしジェレミーが虚言を流していたなんて、エルネストへの恨みが深すぎる。

彼らの間には、ソレイユには計り知れないほどの深い溝がある。なぜ、そこまで根深い遺恨があるのだろう。

「あながち嘘じゃないよね。デビュタントパーティに十八歳の女性を全員強制的に参加させていたじゃないか」

「貴様の思うような理由ではない！」

「どうだろうね。兄さんは政敵が多いから協力者も多かったよ」

キンッ！　と甲高い金属音を立て、ジェレミーが笑いながら剣を薙ぐ。

それを避けた拍子に、エルネストは皺の寄ったラグに足を取られ、バランスを崩した。

それを好機と見たのか、ジェレミーが容赦なくエルネストを攻撃する。

エルネストがかろうじてその攻撃を避け、体勢を整えつつ剣を振る。

再び剣を打ち合う音がし、ふたりの戦いは続いていく。

互いの間合いをはかったり、切り込むタイミングを狙ったり。憎み合う兄弟は、生死すれすれの争いを繰り広げていた。

ソレイユは、命をかけた剣の打ち合いなどしたことがない。彼らの打ち合いを見て、自分の剣技は子供騙しであったと思った。

今思えば、講師はソレイユに怪我を負わせないように気を遣っていた。つまり手加減していたのだ。ソレイユは自分の甘さをこんな形で知ることになる。

男が本気で戦えば、ソレイユが入り込む余地など皆無。敵うはずがない。どうしたって、男の力に負けてしまう。

そう考えると、目の前に立つギィと金髪の男からは逃げられないのかと、諦めの気持ちがこみ上げてくる。

「激しすぎる兄弟げんかが終わるまでに、おれたちはここから逃げようか。ジェレミー殿下があとはなんとかしてくれるだろう」

「そうだな。近衛兵が来る前に逃げようぜ。おい！　こっちへ来い。それとも担いで運ばれたいか！」

ギィが手を伸ばして、ブルブルと震えるソレイユの腕を掴もうとした。

「ひっ……やっ……！」

剣を持たぬ彼らですら怖い。男が怖い。女性を意のままにできる腕力を持つ男が無性に恐ろしく、自分は何もできない無力でちっぽけな存在のように思えてくる。

下肢に力の入らないソレイユは、苛立つ彼らに引きずるようにして歩かされた。

抗いたいのに、身体が自分の意思どおり動かない。

「ソレイユ！　自分を見失うな！」

エルネストの叫びが鼓膜に響き、全身がビクンと強張る。

怖くて剣のぶつかり合うほうへ視線を向けられない。それでもエルネストがソレイユに向かって叫ぶ。

「そなたは強い。理不尽な目にあっても決して負けぬ心を持っている。自分を高め、様々な困難に立ち向かおうとする強さを持っている。そんなそなたが、誰よりも可愛らしく何より愛しい」

「エルネスト……」

「私は負けぬ。元老院の狡猾なジジイどもにも！　上位貴族の腹黒い狸どもにも！　私を陥れようとする身内にも！　そなたも負けてはならない！」

ソレイユの心に、エルネストの言葉がストンと落ちてくる。

可愛い、愛しているだけでは、伝わってこなかった彼の本当の気持ちが流れてくる。

彼は見ていてくれた。ソレイユが心に棲む恐怖や傷痕と懸命に戦っていることを。

足を止めたソレイユに焦れたのか、ギィが舌打ちして忌々しそうに引っ張ろうとする。

それに抵抗するように、ソレイユは身体に力を入れた。

「おい。手間をかけさせるな。本当に痛めつけるぞ！」

脅しのつもりなのかギィが大きな手を広げて、ソレイユの金髪を掴もうとした。

瞬時に脇を締め、頭を低くして、ソレイユの腕を掴むギィの手の甲を両手でぐっと押さえる。

予想外の力が加わり、ギィの身体が前倒しにガクンと傾いた。

「痛てぇっ！」

膝を大理石の床に強打したギィが、醜い悲鳴を上げる。慌てて立ち上がろうとしたギィに向かって、ソレイユは大きく片足を蹴り上げた。

「うわっ……」

ソレイユは慌てるギィの顔に、勢いよく膝をぶち当てる。非力な女性でも、少ない力で悪漢を撃退できる技だ。

「ぐっ……！」

鼻を強打したギィは、そのまま両手を顔に当ててうずくまる。

焦った金髪の男がソレイユの首を絞めようと手を伸ばしてきた。その手を瞬時に避けると、そのまま手のひらで男の顎を突き上げる。

「がっ……！」

金髪の男がのけぞった。その瞬間が股間を蹴り上げるチャンスだが、そこまではしなかった。

逆上したギィが襲ってこないとも限らない。ここはエルネストの足手まといにならないように、一瞬の隙を利用して逃げよう。

「このぉっ……！」

鼻血をだらだらと流しながら恐ろしい形相で迫ってくるギィに、さすがのソレイユもおののく。

「ソレイユ！」

「兄さん、よそ見は禁物だよ！」

ジェレミーの剣先が、ソレイユのもとへ向かおうとするエルネストの喉近くで、ピタリと止まった。

ジェレミーの持つ剣の先が、エルネストの喉をしっかりと狙っている。少しでも動こうものなら容赦なく突き刺す。そんな目で、ジェレミーはエルネストを睨みつけていた。

「エルネスト……」

ギリッと手首を捻られ、ジェレミーの剣がキラリと鈍い光を放つ。

「動かないでくれるかな、ソレイユ嬢。少しでも動けば兄さんを殺すよ。ぼくは本気だ」

ソレイユは動きを止めた。

ジェレミーは多分実行する。間違いなく剣をエルネストに突き立てるだろう。

「……兄さん。ぼくたちはしばらく海外で暮らす。ソレイユ嬢を連れていくよ。ちょっとじゃじゃ馬だけど、そんな女を躾けるのも一興ってもんだろ」

ジェレミーは、はぁはぁと荒い息を吐き、肩を上下させながらも、剣をしっかりとエルネストに向けていた。彼はギィと金髪の男を睨みつけ、口汚くののしる。

「おまえら！　ふがいない奴だな、女のひとりも捕まえられないのか！　ぼくの足ばかり引っ張るんじゃない！」

「も、申し訳ございません……しかし、この女が……」

「言い訳するな！　その娘を人質にして逃げるぞ！　ちゃんと拘束しておけ！」

ジェレミーが一喝すると、ギィと金髪の男が忌々しそうにソレイユを睨みつけてきた。

「くっ……縛るか……」

ジェレミーの剣先がエルネストに向いている以上、不用意に動けない。

このまま彼らは逃走してしまうのだろうか。ソレイユを人質にして……

「そう簡単に逃げられんぞ。まもなく近衛兵がここに来る」

エルネストが呆れたようにそう言うが、ジェレミーは余裕の笑みを浮かべるだけだ。

「ふふ……でも兄さんはソレイユ嬢を傷つけられたくないだろう？」

「最後まで卑怯者だな。貴様は」

エルネストの冷ややかな声に、ジェレミーが嫌な薄ら笑いを浮かべる。

「なぜだろうね。ぼくと兄さんは幼い頃から相容れなかった。いや、違うな……兄さんは、妾腹のぼくをバカにしていた」

ジェレミーの恨みごとに、エルネストの目が細まる。

「ふざけるな。私は対等だと思っていたぞ。父上には同等の教育を受けられるよう頼んだし、同じ扱いをするように言葉を添えてもらったりもした。それをことごとく裏切ったのは貴様のほうではないか」

「ふん。対等だって？　優越感に浸りたかっただけだよね。ぼくを見下したくてやったことだろ？」

ジェレミーはエルネストの言い分をまったく聞き入れる気がないようだ。

穿った見方をして、エルネストの厚意を受け入れない。そんなジェレミーに、エルネストは吐き捨てた。

「勝手に妬み、僻んだだけではないか。貴様はとことん性根が腐っているのだな。それでトレモイユの詭弁に乗っかったか。それとも貴様のほうから奴を引き込んだのか？　今さらどちらでもいいがな」

「そうだよ。兄さんはもうあらかた調べているんだろ？　ぼくとトレモイユのビジネスについてね」

ジェレミーの剣先はエルネストの喉元を狙っている。その優位な状況が彼に余裕を生んでいるのか、やけに舌が回る。

「……女性をさらい、時には金に困っている家の令嬢を買い、妙な薬を使って言いなりにさせた挙句、海外に売ってしまうという、吐き気をもよおすような人身売買ビジネスのことか」

人身売買という言葉に、ソレイユの身体がブルリと震える。

（女性をさらって、薬漬けにして売る……？　もしかして、私も運が悪かったら……）

ジェレミーが悪魔のごとく高笑いした。そのいやらしい嘲笑は部屋中に響き、ソレイユを怯えさせる。

「そうさ！　ぼくたちの趣味と実益を兼ねた、愉快なビジネスさ。あはは……でもそれを知っていたとしても、もうどうしようもないね。兄さんにはここで死んでもらうから」

「私をここで殺したとしても、貴様の悪事の証拠はちゃんと押さえている。王座は手に入らぬぞ」

ジェレミーは忌々しいといった表情で、落ち着き払ったエルネストを睨みつける。

「残念だな。このビジネスの責任を、女好きで次から次へと遊んでは捨てる兄さんに押しつけて、王座から引きずり降ろしてやるつもりだったのに……目算が外れたよ」

「それで貴様が国王になるつもりだったのか。王座を甘く見るな。私は幼少から帝王学をみっちりと仕込まれ、海外留学も経験している。だが貴様はそのとき何をしていた？」

「さあ？」

ジェレミーが肩を竦めて薄ら笑いする。

　そんなジェレミーをエルネストは心底軽蔑したような目で見た。

「貴様は何もしなかった。王族という身分に胡坐をかき、ただ日々を享楽的に生きてきただけだ。そんな奴が王座についてみろ、三日でこの国は滅びてしまう」

「……そうやって兄さんは、いつでもぼくをこけにするんだ」

「こけにしているのではない！　事実だ。周囲の期待も、のしかかる責任も重圧も知らない貴様に、治世など行えぬ。トレモイユも同じだ。保身しか考えぬ輩に、権力を握らせるものか」

　そう言い捨てるとエルネストは目を伏せ、ふっと笑った。剣先が喉元に突きつけられているのに、余裕に満ちている。

　それがジェレミーの癇に障ったのか、彼はエルネストをギリギリと睨みつけた。

「何がおかしいの？　兄さん。この期に及んで強がりに意味はないよね」

「強がり？　バカを言うな」

　エルネストが鼻を鳴らすと、ジェレミーが頬を引きつらせる。ジェレミーのほうが有利な状況のはずなのに、エルネストのオーラに気後れしているようだ。

「貴様が骨の髄までくだらぬ男だと再認識したまでのこと。王家に生まれたとか、王位継承者だとかいうことは関係ない。男として生まれた以上、自分の人生、何かを成し遂げねば生きている価値などなかろう。……それを、こともあろうに人身売買や怪しげな薬に手を出し、私を陥れるために労力を使い、ことごとく失敗。情けないを通り越して、間抜けと言わずなんと言おうか」

ジェレミーの美しい顔が鬼のように歪む。

「なんとでも吠えればいいよ。兄さん、そろそろ死んでもらおうか」

「ジェレミー殿下！　それは……！　そこまでしては……！」

ギィと金髪の男が焦った声を出す。

倫理観の薄い男たちだが、さすがに自国の国王を殺すのは恐ろしいと考えたのか。

「何を躊躇することがある！　おまえたちはもうアーガム王国では、日の目を見ない立場だぞ！　家督を継ぐことも要職に就くこともできない！　どうせ海外に逃亡するつもりなんだろ？　だったら一矢報いようではないか！　ぼくたちを追いつめた、この男を殺してな！」

「し、しかし……」

「兄さん。いつでもぼくの邪魔をしてくる鬱陶しい男。疎ましくて仕方なかったよ！　ソレイユ嬢に感謝しないといけないな、兄さんを殺すチャンスをくれてね。ああ、安心して。彼女はぼく専用の性奴隷にして、飽きたら場末の娼館にでも売ってやるよ」

エルネストはジェレミーの戯言を無言で聞いていた。

彼は鬱憤を晴らすように次々と不満をぶちまける。

「ぼくが何も成し遂げられない人間だって？　ははっ……兄さんは知らないだろう。ずっと兄さんを殺すために陰でこっそり剣の稽古をしていたことをね。さあ、ぼくの剣で無様に死ぬがいい！」

ジェレミーが大きく足を踏み出し、エルネストの左胸に剣先を押し込もうとした。

だが――ソレイユは不思議と大丈夫なような気がした。

ジェレミーの手を知っている。傷ひとつない、艶やかですべらかな肌だ。

反して、エルネストの手は――

カキンッと、ひときわ大きな音を立てて、剣が空を舞う。ズサッと床に突き刺さったのは、ジェレミーの剣だ。

「っ……くっ……う……」

ジェレミーが手首を押さえ、その場でうずくまる。指の隙間から鮮血が流れて、ポタリポタリとラグを赤く染めていった。

自分が血を流すなんて信じられない。そんな驚愕の目で、真っ赤な手を凝視している。

「やはり貴様はくだらぬな。剣の稽古？　子供の遊びだろ」

「そ、そんな……王座に座っているだけの……兄さんに負けるなんて……」

ソレイユは羨望と憧れの目で、威風堂々と立つエルネストを見つめた。

彼はジェレミーの剣を目にも見えない速さで薙ぎ払い、さらにジェレミーの手に切りつけたのだ。

ソレイユは何度かエルネストの手のひらを見ている。そのたびに疑問に思ったものだが、彼の手には剣ダコがいくつもあった。ソレイユの手のひらにも同じように固くなった部分がある。

何度もマメができ、それが破れて皮膚が再生しないうちにまたマメができてを繰り返した証だ。そうしてできる剣ダコは、少し剣の稽古をした程度ではできない。それが、エルネストの手のひらにはしっかりとあった。

「政治に関わろうとしない貴様は知らなかったようだが、私は近隣の領土や蛮族との間で揉め事が起こった際、自ら現地に赴き対処している。戦場に立つこともあるくらいだ。そのためには、おままごとではなく実戦で使える剣技を習得せねばならん。へっぴり腰の突きなど、ひとひねりといったところだな」

「そんな……」

「胸を貸すつもりで遊んでやったが、所詮貴様はその程度。へなちょこな剣技で、大口を叩くんじゃない」

ギィと金髪の男が劣勢のジェレミーを置いて、扉に向かって一直線に走り出す。だが扉を開けたのは別の人物だった。

「お待たせいたしました。国王陛下！　ご無事ですか」

「遅いぞ！　それでも近衛隊長か」

「申し訳ございません。――ものども、王弟殿下とその一味を捕獲しろ！」

大柄な近衛隊長が手を振りかざすと、背後からどっと兵が現れ、あっという間にギィたちを捕獲した。ジェレミーは放心したように無抵抗だったが、ギィと金髪の男は激しく抗った。

「放せ！　下賤の者ども！　おれを誰だと思っているんだ！」

近衛隊長が口ひげを撫でつけながら、喚く彼らに蔑むような目を向ける。

「存じておりますとも、ギイラム様。悪行が過ぎて後継者から外された、トレモイユ公爵家の長男ですな。そして、こちらは同じくアーガム王国屈指の有力者たる公爵家のご子息、シモン様。嘆かわしいことです。将来国を背負うはずの若者が、人身売買ビジネスに手を染め、あろうことか国王陛下に害をなすなど」

「知っているのなら、その手を放せ！　それに国王陛下に害などなしていないぞ！　おれたちじゃない！」

「事情はあとでゆっくりお伺いいたしますよ。ここ数年にわたる、女性誘拐事件の詳細もね」

近衛隊長は吠えるふたりを無視し、配下の兵に命じてジェレミーとともに外に連れ出させた。往生際の悪いふたりを見て、近衛隊長が呆れたように息を吐く。

「トレモイユ公爵家も先は明るくありませんな。息子は素行が悪く、娘には家を任せられる才覚はない。元老院にしがみつく気持ちもわからないでもないですが、いやはや、過去の栄光にすがる前に、お子様の教育にもっと力を入れるべきでした。まあ、それ以前の問題ですな。人身売買など、たとえ公爵家であっても無視できない犯罪です」

家督を継ぐ娘と聞き、ソレイユは「あっ！」となる。

確かヴィオレーヌは、トレモイユと名乗っていた。彼女はギィの姉だったのか！

へなへなとその場にへたりこむソレイユに、大きな手が差し出される。その手のひらには、ソレイユの手のひらと同じような場所に剣ダコがあり、爪は短く皮膚も荒れていた。陶器のように美しい手をしていたヴィオレーヌやジェレミーより、ソレイユにはその手が綺麗に見える。

「怪我はないか？」

自分は肩に剣の傷があるのに、先にソレイユの心配をするなんて。

もう堪らなかった。ソレイユは心の底から、彼を愛しいと思う。

「エルネストッ！」

ソレイユは彼の手を取り立ち上がると、広くて逞しい胸にすがりつく。

「エルネスト……無事でよかった……あなたに、もしものことがあれば……」

「ソレイユ……そんなに怖かったのか」

泣きじゃくりながら抱きつくソレイユの頭を、なだめるようにエルネストが何回も撫でる。

怖かっただけではない。ソレイユは申し訳ない気持ちでいっぱいだ。

自分のせいで、彼が傷を負ったのだから。

「あ……あなたを失うかと……ごめんなさいっ……足手まといになってしまって……」

「泣くな。ソレイユ。私は生きている。ジェレミーごときに遅れをとったりしない」

「でも……でも、私が騙(だま)されたから……」

エルネストがソレイユの身体をぎゅっと抱きしめると、額に唇を寄せる。

「その件はあとでゆっくり聞かせてもらう。二度と私から……」

周囲のざわめきを気にせず、エルネストはソレイユを愛おしそうにしっかりと抱きしめた。

「離れるな。一生そばにいろ」

「エルネスト……」

近衛隊長は冷やかすように口笛を吹き、近衛兵は見て見ぬふりをしている。

恥ずかしいことこのうえない。でもエルネストは放してくれなかった。

ソレイユも張っていた気が緩んで、彼の胸に体重を預け、黙って撫でられ続ける。

腕の治療をしなければと近衛隊長に離されるまで、しばらく彼の高鳴る鼓動を聞いていた。

§　§　§

現場検証や事情聴取といったことは近衛隊長に任せ、ソレイユはエルネストとともに王城へ帰ることになった。

エルネストの愛馬に乗せられ、ソレイユは彼の腕の中にすっぽり収まっている。

衛生兵の説明によると、エルネストの傷はここでは応急処置だけにし、王城に戻ってから本格的な治療をするとのこと。

せている。

数人の護衛とエルネストたちを先導するように、ランタンを持った近衛兵が馬を走らせている。

ソレイユは彼の負った傷が、気になって仕方がなかった。だがエルネストは平然とした顔で「気にするな」としか言わない。

ちらりと見ると、包帯に血が滲(にじ)んでいる。気にしないわけにはいかなかった。

「そんなに暗い顔をするな。手綱(たづな)くらい握れる」

「でも……」

「心配性だな。それより、寒くないか？」

ソレイユを守るように、彼が後ろから抱きしめてきた。

はらりと流れる銀の髪が月の光を反射して、とても綺麗だ。その髪がソレイユの頬をくすぐってくるので、とても面はゆい気持ちになった。

エルネストがソレイユの後頭部にキスをしたのがわかったが、馬上で不用意に身を捻(ひね)っては危ないので大人しくしていた。

「寒くないです。無理しないでください」

「……やけに素直だな。いつもなら勝手に触るなとか、人前でキスするなとかうるさいのに」

我が物顔で好き放題ソレイユに触れてくるのも、人目もはばからずイチャイチャするのも好きではない。でも今は、何も言い返さなかった。なぜだか彼との触れ合いが心地いいと思えたから。

こんな気持ちのときなら、彼にいろいろなことを話せそうな気がする。

「……教えていただきたいことがあります」

「なんだ？」

「三年前、ジェレミー殿下たちから私を助けてくれたのは、エルネストですね」

彼は返答しない。それを肯定と受け取り、ソレイユは言葉を続ける。

「どうして教えてくれなかったのですか？　誰かが助けてくれたのはわかっていました。でも、どんなに探してもらっても見つからなかったのに」

運ばれた先の公爵家からは、フードを目深に被っていたから、顔ははっきり見えなかったと聞いている。

「誰も救世主の正体を突き止められなかったので、お礼も言えないままでした。まさかエルネストだったなんて……教えてくれてもよかったのに。隠す理由があったのですか？」

エルネストが、どうしたものかというふうに視線を泳がす。

「あると言えば、ある」

「どのような……？」

ソレイユの問いに、エルネストはゆっくりと話し出す。

「あの日、上位貴族の子息子女が集まるパーティがあるという情報を聞き、ジェレミーたちが狙うのではないかと見張りをつけていた」

ジェレミーたちが不穏な行動を取っているとの連絡を受けたエルネストは、変装し、すぐに現場に向かった。変装したのは、エルネスト自ら動いていると、ジェレミーに悟られたくなかったからだと言う。

「奴らはずる賢い。悪事の証拠をいつでも巧妙に隠す。だから私は何も知らぬふうを装い、隠れて証拠集めをしていた。あの日も私と気づかれぬよう、細心の注意を払っていたのだ」

「変装していた理由はわかりました。でも、せめて私には教えてくださっても……」

エルネストが月の光を背に受け、真摯（しんし）な眼差しでソレイユを注視する。

「教えなかった一番の理由は、そなたがあの事件で精神的な苦痛を受けたと推測したからだ。思い出させるようなことは言わないほうがいい。そう考えた」

「私のことを……心配して……？」

確かにソレイユは、あの事件が原因で男性不信に陥ってしまった。身なりのいい年頃の男性が近づいてきただけでも怖くなった。

「事実、そなたは男装し、結婚などしない、男は嫌いだと主張し、女性としての幸せに背を向けてしまっていただろう。だからそなたに再会してからも、あの事件を思い出させないようにしていた」

エルネストはソレイユのことを思いやって、救世主であることを隠していた。

心の傷が蘇らないようにと……

「エルネスト……」

切なくなってエルネストの名を呼ぶと、彼が困ったように笑い、ソレイユの頭に優しいキスをした。

「三年前、そなたを助け出したとき。意識が朧げだったように見えたが、よく私のことを覚えていたな」

「覚えていたのではなく……」

『この痴れ者どもが！　恥を知れ！　嫌がる女を強引に手籠めにしようとするとは、男の風上にも置けん！』

先ほどエルネストが救世主と同じことを口にしたので、彼だとわかったのだ。

それを聞いたエルネストが困ったように、くすりと笑う。

「そうか。ソレイユにとって辛い思い出だろうから、なるべく触れないようにと配慮してきたのに。感情が昂（たかぶ）って三年前と同じことを叫んだか」

「エルネストの気質は変わってないということですね」

「それでは私が成長していないみたいではないか」

「そういうわけでは……でも気質ですから、そうそう変わりません」

「そうかもしれんな」

しばらくふたりして、クスクスと笑い合う。前方を行く近衛兵が、エルネストがくったくなく笑うのに驚き、何度も振り返った。

彼は不意に笑うのをやめ、艶（あで）やかな低い声でソレイユの鼓膜をくすぐる。

「この三年間、ジェレミーのせいで心に傷を負ったのではないかと、そればかり気になっていた。そなたをずっと探していたのだが、身元もわからずお手上げだったのだ」

「私のことを……三年間ずっと気にかけてくれていたのですか……？」

エルネストがソレイユの耳朶（みみたぶ）や耳の下に唇を這（は）わせ、時折髪を唇に挟みながら話を続ける。

「助けた娘は、社交界で見かける娘たちより幼く見えた。それで毎年デビュタントパーティに出席し、そなたが現れるのを待っていた。それが原因で、ジェレミーによからぬ噂を流されたわけだが。奴の鋭さや炯眼は、もっと国のために生かしてほしかった」

これですべて腑に落ちた。若い娘を物色していたというより、よほど納得がいく。

「だからデビュタントパーティに出席しろなんて、強引な勅令を出したのですか。しかし出席しなければ制裁を与えるというのはやりすぎです」

「制裁？　知らぬ。そこまで非道ではないぞ」

「え？　でもお母様が……」

制裁するというのは、エルネストの命令ではなかった？　ではなぜ、母はあれほど必死になっていたのだろう。疑問に思うソレイユを見て、エルネストがふっと笑った。

「騙されたのではないか？　そなたがデビュタントパーティに出るのが嫌だとかなんとか息巻いたのであろう。どうにかして華やかな場に出したかったご両親が、嘘をついて出席させたと推測するが」

「は……」

母の小細工、そしてソレイユの勘違いというわけだ。ソレイユははぁと嘆息し、肩を落とす。

「……そうなのね。私は駄目だわ……自分が人間として未熟であることを痛感しました。

エルネストの好意を理解できないどころか、まったく逆のことを考えてしまって……王城への呼び出しだって、てっきり嫌がらせだと思っていたんですから」

「嫌がらせ？　私はそなたにもう一度会いたかっただけだぞ」

「会いたかった……？　私に……？」

　エルネストが、そうだと頷いた。

「ずっと気になっていた少女をデビュタントパーティで見かけたとき、一見何の心配もいらないように見えた。だがファーストダンスに誘われると、慌てた様子でホールから出ていってしまった。どうしたのだろうと慌てて追いかけたら、絡んできた男を蹴り飛ばしているところだったのだ」

　恥ずかしくなってソレイユは肩を竦(すく)める。酔っ払いの膝(ひざ)を爪先で蹴った姿を、エルネストに見られていたとは気がつかなかった。

「さらには、助けに入った私にまで技をかけてくるから驚いた」

「あっ……あれは、エルネストがキスをしてきたと思って……」

「そなたの顔を確認したかっただけだ。この淑女(しゅくじょ)は、本当に三年前の少女なのかとね」

　自分の勘違いだったと知り、もっともっと恥ずかしくなってしまう。

彼は真っ赤な顔のソレイユを見ぬまま話を続ける。

「すぐに途中退場した令嬢を調べ、ようやくあのときの少女がソレイユ・モンターニュ子爵令嬢だと判明したわけだ。男たちに襲われてできた心の傷を克服しようと、男勝りに振る舞うそなたに、もう一度会いたくて堪らなくなった。それで、すぐに呼び出したのだよ」

「なぜ恩を仇で返した私に、もう一度会いたいと思ったのですか？」

「そなたの力量を、もっと見たいと思ったのだよ。しかし、ただ招くのでは面白くないと考えていたところに、ヴィオレーヌが強引に割って入ってきた。それをそなたの立ち回りを見るいい機会だと考え、彼女たちの同席を許したのだ」

「私を呼び出したのは、ヴィオレーヌ様たちと結託して、笑いものにするためだと思っていました……すみません」

「謝るな。私もあえてそう振る舞った。わざとそなたを助けなかったのだ。しかし、そなたは連中の嫌がらせにも負けまいと懸命だった」

「ああいった方々と付き合うのは、何か意図があるのですか？」

「私の歩む道にはもっとたくさんの試練があるだろう。綺麗ごとだけで王座は守れぬ。時には化かし合いみたいな真似も必要だ。どうせ奴らには、私の心の内を読むことなどできん」

エルネストの考えを聞き、表面だけを見て判断していた自分が恥ずかしくなってくる。

そんなソレイユに、エルネストはこう続けた。

「そなたの懸命な姿が愛おしく、どうしても私の王妃にしたくなった。それで王妃教育を施すため、そなたの両親に事情を説明し、王城で預かることにしたのだ」

「わ、私……そこまでされるほどの……女ではありません。ジェレミー殿下の嘘に騙されてしまって……」

「その件は、あとでお仕置きだと言っただろう。数日は寝かせぬ。そなたの心も身体も私のものだと、身体中に刻み付けてやるから覚悟するがいい」

脅すようなエルネストの言葉に甘やかな気配を感じ、期待で身体が震えてしまう。彼にされることならば、どんな懲罰でも快感に変わると知っているから――

エルネストはそんなソレイユを見て、彼女の耳朶に歯をカリッと立てた。

「あっ……んんっ……」

痺れる痛みに、腰がガクガクと震える。力が抜けそうになり、彼の厚みのある胸にもたれかかる。

エルネストの傷のことが気になるのに、彼の唇と舌が淫靡な動きをするからソレイユもどうしていいのかわからなくなる。

「お、大人しくっ……やっ……もうっ……」

彼は、自分の愛をもっとわからせたいと考えたのか、赤くなった耳朶を舌で舐めしゃぶり続けた。

§　§　§

王城では、あちこちにランタンが煌々と灯されていた。下男やメイド、近衛兵が入り乱れ、慌ただしい。

エルネストの姿を見つけた執事が、慌てて飛んでくる。

「国王陛下。トレモイユ公爵が先ほどから謁見の間でお待ちです。……いかがいたしますか？　明日の朝、改めていらっしゃるよう何度も伝えましたが、てこでも動かない様子でして」

「深夜だというのに元気な年寄りだ。愚息の擁護か」

「だと思われます。令嬢も同行なさっております」

エルネストは馬から下りてから、ソレイユの腰を両手で掴んでそっと地面に下ろした。

「意味のないことを。だが、会おう。ソレイユも来い」

ていた。

さすがに立ち会うのは辞退したいところだったが、強引なエルネストに連れられ、ともに謁見室へ向かう。そこではトレモイユ公爵とヴィオレーヌが、待ちかねた様子で待っていた。

エルネストが入室すると、トレモイユは不満そうな顔で立ち上がる。おどおどと怯えた顔をしたヴィオレーヌも続いて立ち上がった。彼女はずっと俯いており、決してソレイユやエルネストと目を合わせようとしなかった。

「国王陛下。このような時間に拝謁を賜り……」

「挨拶は面倒だ、省け。それより何用だ。そなたの息子なら婦女暴行と人身売買の容疑で先ほど逮捕したぞ」

トレモイユは瞼をピクピクと痙攣させつつも、感情を抑えた声で返事をする。

「そうでございますか。致しかたございません。……我が息子は、これまで何度も問題を起こしておりますゆえ。大変ご迷惑をおかけいたしました。ところで、保釈金はいかほどになりますかな？」

「残念だが金の問題ではない。恩赦もない」

トレモイユは落ちくぼんだ目を細め、エルネストを怪訝な目で見る。

エルネストの軍服は皺だらけだし、ところどころに裂け目があるだけでなく、血も滲んでいる。右肩には包帯を巻いてあるのだから、何かあったことは容易に推測できるはずだ。

しかしトレモイユは、エルネストのありさまには興味がないようで、まったく言及しなかった。

エルネストは、そんなトレモイユに背を向け王座への階段を上ると、そこにドスンと腰をかけた。

ソレイユも彼に続いて階段を上り、その傍らに控える。

エルネストは長い足を組み、横柄な態度で肘をつくと、冷たい目でトレモイユを見下ろした。

「そなたの息子は、私が妻にと求める女性に狼藉を働いた。本来ならトレモイユ公爵家は爵位剥奪、領地没収、資産も……」

「お待ちください。妻にとは、どちらさまのことでしょう」

トレモイユが、いやらしい目でエルネストの王座の横に立つソレイユを見る。ヴィオレーヌも上目遣いでジメジメとした視線を送ってきた。

それに対し、エルネストは平然と返す。

「彼女、ソレイユ・モンターニュ子爵令嬢だ」

それを聞いたトレモイユが、謁見室中に響き渡る笑い声を上げる。

「ご冗談を！　子爵家の令嬢を王妃に？　我々元老院が認めるものですか！」

「元老院は、すでにない。解体して何年経つと思っている。そなたの脳内は時が止まったままなのか。変化に追いつけぬ為政者など、領地に引きこもり、出てこぬほうがいい。周りが迷惑だ」

トレモイユの目が剣呑に光る。

「ひとまず……王妃の件は置いておきましょう。国王陛下の目が覚めるのを待ってもいいですからな」

「私はいつでも現実を見ている。自分に都合のよい夢ばかりを見ているのはそなたのほうだろう」

歯に衣着せぬ、といえば聞こえはいいが、エルネストの言い回しは明らかに相手を怒らせようとしていた。

感情的にさせて何を引き出したいのだろう。ソレイユは黙って成り行きを見守ることにした。

トレモイユは、あまり自分を律することができる性格ではないようだ。エルネストの挑発にあっさり口調を荒らげ、唾を飛ばして言い返してくる。

「元老院は、王家に対する助言の役割を持っております！　解体など簡単にできるわけがありませんぞ！　国王陛下の一存で解体するなんて、独裁政治ではありませんか！」

エルネストが肘を肘掛けに乗せ、顎を手の甲で支えながら、笑みを浮かべる。

「……元老院は、役に立たない老人ばかりで構成されていた。そんな老人たちが王家に対する愚痴や文句、自分たちに都合のよい要望を好き勝手言っていただけなのに、それが助言だと？　しかもその『助言』に驚くほどの税金をつぎ込んでいたので、国民からは大変評判が悪い。害悪そのもの。つまり過去から引き継がれた悪しき風習だったということだ。解体は国民の総意。独裁など、どの口で言えるのか」

トレモイユが、口の端を醜く歪める。

「国王陛下は、まだまだお若い……我らを敵に回すことが怖くないとおっしゃられる。少々痛い目を見ないと現実がわからないと……」

脅すような言い回しに、エルネストが冷ややかに返す。

「痛い目とは？」

「例えば上位貴族の反乱……ですな。あなたのやりかたが気に入らない上位貴族は山ほどおりますよ」

エルネストが余裕の笑みを向ける。

「残念だがつまらん脅しに屈するほど、私はやわではない」

「脅しなどではございません。事実で……」

「黙れ！　何をどう言おうと元老院は再設立せぬし、そなたの息子も釈放せぬ。公爵家の息子だろうがなんだろうが、粛々と裁判にかける。私の弟もだ」

トレモイユの言葉をエルネストの激昂が遮る。

「愚かな……」

「どちらが愚かかな？　それに裁判では、人身売買の件も公にする。そなたが主導していた証拠が、これからごまんと出てくるだろうよ」

「は？　なんのことだか……」

しらばっくれようとするトレモイユの言葉を、エルネストが鋭く遮った。

「貴様が提出した陳述書の署名が、実に有用であったぞ。あの陳述書に名前のある奴らを、ひとりひとりしらみ潰しに調べてやる。時間はかかるが、悪を一掃するのに文句は言ってられん」

トレモイユの顔がいびつに歪む。

「……くっ……私には……裁判官の知り合いも……」

「生憎だな。そいつらも全員、尻尾を掴んである。それより、貴様自身の心配をするのだな。罪状を明らかにし、追って逮捕となるだろうから屋敷で大人しくしていろ。ヴィオレーヌ、そなたもだ」

「わ、わたくしまで、なぜ……」

それまでトレモイユの傍らで大人しくしていたヴィオレーヌだが、突然名が出されて慌てている。

「ジェレミーと共謀して、私の将来の妻ソレイユを欺いたであろう。そのせいで、彼女はあわや人身売買の餌食になるところだったのだ。国外追放にならぬだけありがたいと思え」

「横暴ですぞ！　我が娘ヴィオレーヌは、国王陛下の弟君、ジェレミー殿下に陥れられたのです！」

ソレイユは首を傾げるしかない。陥れられたというより、エルネストの言うとおり共謀という感じにしか見えなかった。当惑するソレイユの代わりに、エルネストがトレモイユに問う。

「ほう？　陥れるとは、どのような形で？」

「……我が娘は、確かにジェレミー殿下の指図どおりに動きました。しかし今回のような結果を招くと知ってのことではございません。娘はトレモイユ公爵家を継ぐ身でございますゆえ、いわれなき罪に問うのはおやめください」

「そうなのか？　ヴィオレーヌ」

「は、はい。わたくしは王城に馴染めずにいるソレイユさんがおかわいそうで……それで、王城から出ていったほうが彼女のためになると考え、ジェレミー殿下の指示に従った次第です」

「それで王城から連れ出す手助けをしたと」

「は、はい……王城はソレイユさんにとってとてもお辛い場だろうと、そればかりを考えておりました。それだけはどうかご理解を……」

なるほど。トレモイユは自分の保身は後回しにし、息子のギイラムのことはあっさりと切り捨て、ヴィオレーヌの無罪放免を狙う作戦に切り替えたのか。

「ソレイユ。どうだ？　彼女を許すべきか？」

突然話を振られて、ソレイユは困惑する。

「そちらの子爵令嬢の勘違いですからな。そこははっきり認めていただきたい」

ソレイユの発言を邪魔するように、トレモイユが言葉を重ねる。

　とはいえ、実際ある程度の真実はジェレミーから聞いてしまったし、許すも許さないも……と思ったところで、ひとつだけ気になることを思い出した。

「ヴィオレーヌ様に、聞いておきたいことがあります」

「なんですかな？　発言には気をつけるように。子爵令嬢ごときが我々の会話に口を挟むこと自体、おこがましいことなのだから」

　トレモイユの言葉を無視し、ソレイユははっきり問いかける。

「ヴィオレーヌ様が国王陛下の恋人って本当ですか？　家督を継ぐため婿養子を迎える立場だから、結婚できず愛人という立場で我慢しているとおっしゃいましたよね。私としては過去のことをどうのこうの言いたくはないのですが、そこだけはっきりさせておきたいです」

　途端にヴィオレーヌの顔が真っ青になる。

「ヴィオレーヌ。なぜ私と関係を持っているなどと嘘をついたのだ。そんなに牢獄に入りたかったのか？」

「め、滅相もございません！　それもジェレミー殿下に頼まれてしたことです！　どうかお許しを……」

「許すかどうかを決めるのはソレイユだ。どうする？」

ソレイユとしてはヴィオレーヌに好意的な感情などまったくない。かといって牢獄というのは大袈裟に思えた。ソレイユが二度とヴィオレーヌの虚言に惑わされなければいいだけだ。

「どうすると言われても……。彼女を牢獄につなぐことなんて求めておりません。許す、というのとはちょっと違うかもしれませんが、もうこれ以上気にしないことにします」

そうソレイユが告げると、トレモイユが過敏に反応した。

「子爵令嬢の分際でっ！　なんと図々しい！　国王陛下！　もう一度申し上げますが、学もなければ世間の常識も知らぬ下位貴族の娘を王妃になど……」

「黙れ！」

さすがに切れたエルネストが、勢いよく立ち上がって低い声で恫喝した。

「我が国には、結婚における身分の制約などない！　結婚するもの同士の同意があれば、身分など関係なく結婚できる。もしそれを禁じる法があるというのなら、私がその悪法をなくしてやる」

「なんと傲慢な……」

慄然とするトレモイユを、エルネストは笑い飛ばした。

「そなた、私が巷でなんと呼ばれているのか知っているだろう？」

トレモイユとヴィオレーヌは、俯（うつむ）いて無言で肩を震わせた。

「冷酷無比な独裁王。私の権威を失墜させるために貴様らが流した偽の評判だが、私は案外気に入っているぞ。貴様らの言うとおりの人間になりきってやろう。手始めに、この国の害悪である公爵家をひとつ潰すか」

エルネストの無情な言葉に、彼らは全身をガクガクと震わせる。

「自分たちが流した嘘に追いつめられるがいい。今後私の邪魔をしたら、全力でトレモイユ公爵家を潰す。貴様らもその覚悟を持って挑んでこい。私はいつでも受けて立とう」

エルネストはそう言い捨てて立ち上がり、ソレイユの肩をしっかりと抱いて謁見室（えっけんしつ）から出ていく。

置き去りにされたトレモイユとヴィオレーヌは、石のように固まったままだった。

エルネストとソレイユが扉を開けた瞬間、入れ替わりで数人の近衛兵が謁見室（えっけんしつ）に入っていく。だが、トレモイユもヴィオレーヌも、さしたる抵抗をしなかった。

ふたりとも慄然（りつぜん）としたまま意識を失い、大理石の床に倒れ込んでしまったのである。

第六章　国王陛下のプロポーズと甘い懲罰（ちょうばつ）

ソレイユはエルネストに肩を抱かれ、長い廊下を歩いた。

まもなく明け方だというのに、王城で働くひとびとは忙しくしている。本来なら就寝している時間だ。もしかして連れ出されたソレイユのために、起きていてくれたのだろうか。

申し訳ない。そんな気持ちで胸がいっぱいになる。

ソレイユの心境を読み取ったのか、エルネストはよく通る声を張り上げた。

「みなの迎えに感謝する。遅くなったが、今から睡眠をとってくれ。今日休みをとっているものは、明日まで延長してもいい」

安堵の表情を浮かべたメイドや従者は揃って綺麗なお辞儀をすると、各自割り当てられている部屋に戻っていった。

筆頭執事はひとり残り、あれこれとエルネストから指示を受けている。

話が終わるとエルネストはソレイユとともに、自室へ向かった。

「さて、これからお仕置きタイムだな」

「あっ……」

不穏さと淫靡さを含んだ彼の言葉に、ソレイユの肩がビクンと震えた。

「私を疑った罰を与えると言っただろう。ジェレミーの嘘は巧妙だったかもしれぬが、そもそも私を信頼していれば引っかからなかったはずだ」

「ええと……」

途中でジェレミーの話に疑問を持ち、王城に引き返してほしいとお願いした……と言い訳したら、エルネストは聞き入れてくれるだろうか。……いや、おそらくないだろう。

それでも何かしら言い訳しないと、ソレイユの心が落ち着かない。

「私は……」

「それより、もっと気になることがある」

エルネストが急に立ち止まるものだから、ソレイユも足を止める。彼はソレイユに向き合うと目を細め、じっとりとねめつけてきた。

「先ほどヴィオレーヌにした質問は、どういう意図があるのだ？」

「質問、ですか？」

ソレイユがした質問はひとつしかない。ヴィオレーヌがエルネストの恋人というのが、真実かどうかだ。

「もしやそなた、私が彼女とそういう関係だと、先ほどまで疑っていたのではなかろうな」

緑の目の奥が、メラメラと燃えていた。ソレイユは慌てて首を横に振る。

実のところ、ちょっとだけ疑ってしまったと口にしたら、エルネストを傷つけるだろうか。

とはいえ、謁見室でトレモイユとやり取りしていた時点では、エルネストへの疑惑はすべて解消していた。それでもあのような質問をしたことには、ソレイユなりに意味がある。

ソレイユは、ヴィオレーヌの思いを知りたかったのだ。ジェレミーと共謀して嘘をまき散らしたとはいえ、もしかしたら彼女なりにエルネストを思慕していたのかもしれない。

彼女のソレイユに対する冷たい態度は、すべて嫉妬によるものなのかもしれないと考えたのだ。

もしヴィオレーヌがあの場で「エルネストを奪われたくなくて、嘘を吹き込んだ」と話していれば、ソレイユは彼女を「許す」と明言しただろう。

でもヴィオレーヌは、ジェレミーの指示に従ったと言った。彼女は公爵家の次期女当主としての地位を守るほうを優先したのだ。

ソレイユが知りたかったのは、ヴィオレーヌのエルネストへの気持ち……ということをどう説明したらいいものか。

「疑っていたわけではないのです。ただ……」

エルネストが首を傾げ、疑り深い眼差しで見つめるので、つい笑いそうになってしまう。それを見咎めて、エルネストは勢いよくソレイユの腰を掴んでひょいと抱き上げた。

「きゃっ……なんですか、いきなり！」

「今そなた、笑ったであろう」

「え？　いえ、ええっと……確かに少しだけ……でも、バカにしたわけでは……」

「許さぬ。真剣な私を笑った罰だ。早速お仕置きタイムに突入させてもらうとしよう」

「お仕置きタイムって……え？」

突然すぎて困惑していると、彼はソレイユを丸太か何かのように右肩に担いでしまった。

「きゃっ……な、なんですか！」

エルネストは右肩にソレイユの腰を乗せ、右腕でしっかり掴むと、左手で臀部を撫でたり、軽く叩いたりしてきた。

ドレス越しとはいえ恥ずかしくて、ソレイユは目の前にある広くて逞しい背に向かって抗議する。

「このような格好、恥ずかしいです！　下ろして、下ろしてください！」

エルネストの部屋はもうすぐそこだが、メイドや近衛兵に見られないとも限らない。

「駄目だ。私は怒っているのだぞ。そなたは罰を受けねばならん。それも恥ずかしい罰をな」

「は？　いやっ……そんな……」

ソレイユの脳内に浮かんだ恥ずかしい罰とは、親の言うことを聞かなかった子供が尻をしたたかにぶたれるというものだ。子供扱いされているようで、ソレイユは顔を真っ赤にして抵抗する。

「わ、私、子供じゃないんですから」

「関係ない。お仕置きだと言っただろう」

彼はソレイユを担いだままドレスの裾をまくり上げると、ドロワーズに手をかけた。もしかしてと思ったときにはすでに遅く、彼の指によってドロワーズを引きずり下ろされてしまう。

「やぁっ……んっ……」

冷たい空気を臀部に受け、まろやかな白い尻丘を丸見えにされたことがわかる。

彼は大股で歩きながら、ソレイユのパンプスを脱がせ、廊下にぽいと投げた。

続いてドロワーズもするりと足から抜き取り、それも廊下に落としてしまう。

ソレイユは自分が身につけていた靴や衣類が、点々と廊下に残っているのを目にして唖然とする。

「エルネスト！　わ、私の下着っ！　誰かに拾われたらっ……！」

「そんなことを心配している場合か。そなたは今から罰を受けるのだぞ。そちらの心配をしろ」

ピシャッと尻を軽く叩かれ、下肢がジンッと鈍く痺れる。恥ずかしさと何をされるかわからない恐怖で、ソレイユは泣きそうになった。

エルネストは構わず、少し赤くなった尻を撫でまわしたり、むき出しになった腰のあたりに唇を当てたりを繰り返す。

「可愛らしい尻だ。すべらかで柔らかくて、実に触りがいがある。私の手のひらにちょうどいい大きさだな」

そんなことを言いながらエルネストが時折軽く叩くと、ソレイユの両足の奥でムズムズと切ない感じがした。

両足をもじもじさせてしまったせいか、エルネストがソレイユの恥ずかしい状態に気がつく。

「そなた、ここを叩かれて感じているのか？　これではお仕置きにならぬではないか」

エルネストはそう言うと、それまでソレイユの腰を支えていた右手を、お尻のほうから太ももの間に差し込んできた。両足を広げられ、そのまま足の付け根の奥を指先で弄られる。

「やぁっ……っんっ……！」

彼の長くて節くれた指が、ソレイユの湿った媚肉を掠める。

「濡れているな。この程度でこんなに感じてしまっては、ベッドでのお仕置きでどれだけ乱れてしまうのやら」

エルネストはからかうように言いながら、ソレイユを肩に担いだまま器用に自室の扉を開けた。彼はすぐさま大股で隣の寝室へと向かう。その間も陰部を弄られて、ソレイユの全身から力が抜けてしまう。

エルネストはソレイユをそっと肩から下ろすと、ベッドにゆっくりと寝かせた。

ソレイユの髪は乱れ、ドレスは皺だらけ。裾は大きくめくれ上がっていて、繊毛に守られた割れ目がエルネストの眼下に晒（さら）される。

せめて下肢だけでも隠そうとしたら、彼の意地悪な手に止められた。

「今からすべて脱がすのに、そこだけを隠しても意味がなかろう。楽しいお仕置きの時間だ。二度と私の愛を疑うことなどないよう、その身体にじっくりと教え込むとしよう」

「冗談はやめてください」

エルネストが膝（ひざ）をベッドに乗せると、ベッドがギシッ……と軋（きし）み、それがとても淫靡な音のように思えた。すぐさま彼の両手、両足がソレイユの身体を鳥籠（かご）のように覆う。

恥ずかしくて身体を捩（よじ）ろうとするが、ソレイユのはしたない下肢の間に彼の身体が入り込んで阻まれる。

両足を広げられ、ソレイユの表情に羞恥（しゅうち）が浮かんだ。

「そなたは、私のお仕置きを甘く考えすぎだ」

「そんなことはありません。でも……その、お仕置きとは、何の……」

そう尋ねると、エルネストの綺麗に整えられた眉が訝（いぶか）しげに歪む。

「ジェレミーに騙（だま）されたのだとしても、私に無断で王城を出ていくのはあまりにひどいと思わぬか。これからは、なんでも私に相談するんだ。私はそなたを決して裏切ったりしない」

「エルネスト……」

確かに、エルネストがあんなくだらないゲームなどしないことは、少し冷静になればすぐに気がつく。でもソレイユは騙された。なぜかというと——

「申し訳ありませんでした。私は……自分に自信がなかったのです」

ソレイユは自分について、誇れるものが何もない。

三年前の出来事にいつまでも怯え、男の格好をして逃げていた。

王城の晩餐会でもそれを貫こうとした。でもあっさり上位貴族の悪意に負けてしまい、逃げ出そうとしたところを、ジェレミーの偽りの優しさに騙された。

自分に自信を持てないままだから、エルネストの愛に疑惑を持ってしまったのだ。

そんな自分が惨めで、逃げ出さずにはいられなかった。

「私は……いつの間にか、あなたを愛してしまっていたのです。愛とは……恐ろしいものですね。大事なことが見えなくなってしまうのですから」

素直に自分の気持ちを言葉にするソレイユに、エルネストがふっと微笑む。

「心配するな。私も完璧な自信など持てない。そんなものだ」

「エルネスト……あなたは完璧に近いです。だって、あんなに威風堂々としているのですもの」

ソレイユの称賛にエルネストが目を見開き、そして照れたように目尻を下げる。

「可愛らしいな、そなたは。私が骨の髄まで愛してやろう。二度と自分に自信が持てないなどと言い出さぬように」

怒りの形相から、優しい面持ちに変化したエルネストは、ソレイユに秀麗な顔を近づけ、形のいい唇を彼女のそれに重ねてきた。

「ぁあんっ……」

ヌルリと舌を挿し込まれ、口腔を探るように動く。それだけでソレイユの背には蕩けそうな快感が走り抜ける。

角度を変えて何度も口づけられ、ソレイユは恍惚の表情を浮かべる。その顔を見たエルネストは嬉しそうに笑い、ちゅっちゅっと何度も口づけてくる。

「私の愛を信じるまで、何度でもキスを与えてやる」

「あ……」

ソレイユの尻を叩いたり、強引に下着を脱がしたり、拘束するようにのしかかってくるのに、彼の舌は甘くて優しい。

ソレイユはもっと彼の口づけが欲しくて、無意識に唇を開き、舌を伸ばす。

エルネストの舌でもっと掻き回してほしい。

物欲しそうなソレイユの目を見て、エルネストがクスリと笑う。

ソレイユは彼にあさましい顔を見られたと思い、顔を背ける。けれどエルネストはそれを許さない。

「あっ……」

再び唇を重ね、ヌルヌルと舌先をこね回す。

「ぁ……んんっ……ふぁっ……ぁ……」

エルネストは口づけながら、ソレイユの腰に手を這わせてきた。むき出しになった尻の柔らかな肉を揉み、何度も小さなキスを繰り返す。

「さあ、お仕置き再開だ。私の機嫌を損ねたくなければ、素直に感じていなさい」

「は、はい……」

艶を含んだ彼の低い声に、ソレイユはお仕置きと言われたにもかかわらずコクリと頷く。

すると彼の手が尻から背中に移動し、ドレスのホックをすべて外していった。それと一緒に、コルセットも脱がされてしまう。

エルネストは、露わになった美しい乳房にすぐさま指を添えると、指先で乳首の周りに弧を描いた。時々膨らみ始めた突起をカリッと引っ掻かれ、腰がビクビクと震える。

「ぁあっ……んっ……」

無防備な乳房を両手で揉まれて、腰に微弱な痺れが行きわたり、それが下肢にまで響いてきた。

エルネストはソレイユの胸を下から上にゆさゆさといやらしい手つきで揉み上げながら、ちゅっちゅっと頬や瞼、唇にキスをする。

時折、耳朶を歯で甘噛みしたり、首筋を強く吸い上げ、ソレイユは鼻から甘い声を出してしまう。

「んんっ……くぅ……んっ……」

彼の手が胸から腰、そして下肢に移動した。その手は肌を撫でつつ、くしゃくしゃになったドレスを膝下までずらす。

エルネストは舌先でソレイユの唇を舐め、湿った秘所を指先で弄りながら尋ねる。

「どうだ？　私の愛を信じるか？」

秘裂の間を彼の指がまさぐり、肉の花びらをヌチュヌチュと淫らに嬲る。

尻への打擲ですでにしっとりと濡れていたせいか、すぐさま甘い蜜が染み出す。

「あぁっ……やぁ……」

そんなことを訊かれても、ひどく感じやすい部分を愛撫されていて、唇からは喘ぎしか出てこない。

「し……んっ……やっ……だ、駄目ぇ……」

信じると言おうとしたら、ヌチュリと媚肉を引っ掻くように指が動く。ソレイユは腰をビクビクと震わせ、背を反らして快感を示す。

「そなたは、ここが一番素直だな」

愉しげにそう言われ、ソレイユは懸命に首を横に振る。

再び「彼を信じている」と口にしようとしたら、溢れ出す愛蜜をまとった彼の指が、今度は媚肉を割って肉芽をグニグニと押してくる。

「ひゃぁっ……ぁんっ……」

こうすればソレイユは言葉を紡げなくなるとわかっていてやっている。ソレイユが彼への愛を証明しようとすると、わざと敏感な部分を指で嬲ってくるのだ。そうと気づいてしまったソレイユを、彼は愉しげに見つめる。

「んっ……エルネスト……いじわるっ……」

青い目を潤ませるソレイユを、彼は愛おしそうに見返してきた。

「そうか？　そなたを精一杯愛してやりたいだけなのだがな」

そう言うと、彼は指をゆっくりと押し進める。

「ぁあっ……んっ……！」

彼の指は膣襞をヌチュヌチュと掻き回してくる。隘路を押し開かれる感触に、身体が震えてしまう。

「怖いのか？　痛くはないだろう」

何度彼に貫かれても、狭い膣を強引に開かれる行為は苦痛を伴った。

だが不思議なことに、それに耐えようという気持ちが、いつでも下腹の奥からこみ上げてくるのである。もしかしたら子宮……女の本能の部分で、エルネストを求めているのかもしれない。

だから痛いとわかっていながらも、彼の指が膣を慣らすのを我慢強く堪える。

「……痛いけど……んんっ……ぁあっ……」

ソレイユの言葉を聞いて、エルネストは指を引き抜こうとした。ソレイユは、慌てて太ももを擦り合わせる。その様子に、エルネストが艶やかに笑った。

恥ずかしくて自分で自分の顔を隠す。するとエルネストは再び指を蠢かせ、今度は激しく指を抜き差しして掻き回す。

「ぁあんっ……はぁっ……んっ……」

「気持ちいいようだな」

もう引き裂かれるような痛みはどこかへ行ってしまい、淫らな疼きが下腹の奥を制していた。

彼が激しく指を抽送するものだから、白く泡立った蜜から快楽に喘ぐ女の芳香が立ち上る。

自分のほうにもその匂いが漂ってきて、ソレイユは恥ずかしくて腰を引き上げようとした。

彼の指がヌルリと抜け、そこから粘つく白い蜜が滴る。

ソレイユの蜜口から溢れたそれは、清潔なリネンシーツをぐっしょりと濡らしてしまった。

「やぁ……恥ずかしいです。見ないで……」

どこかに隠れたい。そんなソレイユをエルネストが愛おしそうな目で見つめた。

「すでに何度も見ているぞ。……それとも、私が逃げられると追いたくなる質だからと、煽っているのか？」

「ち、違……」

エルネストがソレイユの両方の足首を掴むと、左右に大きく割り広げた。充血した媚肉を開き、ヒクヒクと震える淫唇や、濡れそぼった肉芽を観察するようにじっくりと眺める。

「み、見ないで……」

狼狽するソレイユを無視して、彼はそこに顔を近づけた。

何をされるのかソレイユは知っている。期待と恥ずかしさで尻が左右に揺れる。

それが煽ることになると、ソレイユは気がついていない。エルネストだけが満足げな表情をして、伸ばした舌をそこに押し当てた。

「ひゃあう……んっ……！」

エルネストの肉厚で濡れた舌が、溢れる愛蜜をねっとりと舐め、媚肉に擦りつけるように這い回る。

エルネストの大きな手は、しっかりとソレイユの太ももを押さえていた。

秘裂を割って入り込んだ彼の熱い舌が、蜜口や媚肉をチュクチュクと濡れた音を立てて舐めしゃぶる。

器用に舌先で包皮を剥き、露わになったぷっちりとした肉粒を、小刻みに動く舌でヌルヌルと刺激する。

「……っぁあっんっ……ひゃあっ……！」

彼の唇が肉の花びらごと小さな突起を包み込み、ジュルと音を立てて吸い上げる。

ソレイユは一瞬で腰に力が入らなくなり、ガクガクと下肢を震わせることしかできなかった。

エルネストがソレイユの秘所に顔を埋めて舐め回している最中、震える足の指先が彼のトラウザーズの中心を掠めた。

そこはとても大きく膨らんでおり、指先からでも熱を感じた。

エルネストの雄が滾っている。彼の恐ろしいまでに大きい男性器が脳裏に浮かび、思わずゴクンと唾を呑んだ。

彼は以前、こんなことを言っていた。

『舐めてくれてもいいのだぞ』

あのときは驚くほど太くて長い彼自身を、どうやって舐めたらいいのかわからなかったし、そんな気分になれなかった。でも今は――

「エ、エルネスト……」

「なんだ？　もう挿れてほしいのか」

ヌチュヌチュとソレイユの媚肉を舐めながら彼が訊く。

「いい……え。わ、私も、その……あなたのを……舐めてもいいですか？」

ソレイユのたどたどしい問いに、エルネストは面を上げて困ったように笑う。

途端にソレイユは、恥ずかしい発言をしてしまったと慌てた。

「あ、あのっ……」

緊張と羞恥で身体を強張らせると、彼が優しい声で囁く。

「そなたから、そんな大胆なおねだりをされるとは思わなかったな」

もう駄目だ、逃げ出したい。自ら男性器を舐めたいと口にするなんて、はしたない娘だと思われてしまった。

彼は狼狽えるソレイユの両足の間から離れ、ベッドに膝立ちになった。

黒い軍服の上衣を脱ごうとして、腕に包帯を巻いていることを思い出したらしい。

包帯を取らないと上衣を脱ぐのは困難だ。彼は包帯の結び目をほどこうとしたが、ソレイユはそれを止める。

「お待ちください。傷口が気になります」

ソレイユはそろそろと上体を起こし、彼の腕に力をかけないよう寄り添う。それからそっと血の滲む包帯に唇を寄せ、エルネストの傷口を労った。

エルネストはベッドに片膝を立てて座ると、クッションにもたれかかった。

そんな彼の手に誘導され、ソレイユは彼の両足の間に入り込む。

（このまま赤面もののおねだりのことを、彼が忘れてくれたらいいのだけど）

そう思うが、彼は忘れてもいなければ、流してもくれなかった。

エルネストはソレイユの柔らかな金髪を指に絡めると、後頭部に手のひらをあて、緩い力で自分の両足の間に顔を近づけさせる。

「では、このまま私を慰めてくれ」

「……このまま?」

「そうだ。そなたの清らかな指でここを外し、私自身を取り出して……」

彼の指が、ソレイユの唇を撫でる。

「この可愛い唇で咥えてくれ」

自分から口にしたこととはいえ、覚悟を決めないとできる行為ではない。

震える指で彼の膨れ上がった股間に指を伸ばし、トラウザーズのホックをひとつひとつ、ゆっくりと外していく。

そこはとても熱がこもっており、ソレイユの指が掠めるだけでもっと大きくなるような気がした。

すべてのホックを外し、そのままフロントをくつろげる。

下穿きを引き下げると、勢いよく男性器が飛び出してしまい、ソレイユは小さい悲鳴を上げた。

彼の膨張した硬い肉棒が突き上がっている。

赤黒く筋張った血管がピクピクと脈打ち、くっきりとしたくびれと、今にも腹につきそうな先端の亀頭が生命力の強さを表している。

彼への思いを証明したい。それに舐めさせてくれとお願いしたのはソレイユのほうだ。

そっと瞼(まぶた)を閉じ、唇を開いて膨れ上がった硬い肉棒を咥(くわ)え込む。

すると大きな肉塊が、ソレイユの口腔内でもっと体積を増したような気がした。

「んん……ぅふ……ん……」

淫らな造形の肉棒は、ソレイユの口の中で大きさと硬さを変えていく。それでも、溢れる唾液と彼の先端から滲(にじ)む液を絡めて、ソレイユは精一杯舌を這(は)わせた。

うまくできているのかどうかなんて、さっぱりわからない。それでもソレイユは懸命に舐めしゃぶった。ときおり彼が、愛おしそうにソレイユの頭を撫でてくれる。

よくできていると褒められているような気がして、上目遣いで彼の表情を窺(うかが)った。

けれどエルネストの表情は平静そのもので、ソレイユは落胆した。

ソレイユの舌技が拙(つたな)く、気持ちよくならないのかもしれない。

「もっと深く吸い込んでくれ。ゆっくりと唇で扱(しご)けるか」

ソレイユは小さく頷くと、亀頭の先端が喉(のど)の奥にまで当たりそうなほど深く、彼の男性器を呑み込んだ。頬をすぼめて、唇で肉棒の側面を滑(すべ)らせるようにして扱(しご)き上げると、頭上から彼の甘い吐息が落ちてくる。

気持ちよくなってくれていると悟ったソレイユは、顎が外れそうになりながらも唇でそこを擦り続けた。

舌に唾液をめいっぱい絡ませ、先走った液を時折コクンと呑み込みながら懸命に扱く。すると隆々と脈打っていた肉棒が、もっともっと熱く硬く膨れ上がっていった。

「んくっ……んんっ……！」

これ以上はソレイユの小さな口では受けきれない。でも彼が感じてくれている。やめたくなかった。

しかしソレイユは何かの拍子に、ゴホッと咽てしまう。咽頭に亀頭の先端を当ててしまったのだ。

「も、申し訳……こほっ……んんっ……」

ソレイユは口から肉棒を抜き出すと、ゴホゴホと咳を数回繰り返す。

このままではえずいて嘔吐するかもしれない。せっかくエルネストが悦んでくれていたのに、こんな失敗をしてしまうなんて。

咳が収まったら、もう一度彼の欲望を呑み込みたい。

だが彼はソレイユの脇下に手を差し入れると、ひょいと自分の膝の上に乗せてしまった。

「もうよい」

「気持ちよくなかったんですか？　次は、もっと……こほっ……」

咳き込みながらも懸命に訴えるソレイユに、エルネストは心の底から愛おしそうな目を向ける。

「いや？　十分よかったぞ。そなたの口に出してしまいそうになったくらいだ」

エルネストは気を遣ってくれたのだろうか。あんな拙い口淫がそんなにいいわけがない。

疑惑の目で彼をのぞき込むと、くっくっと喉を鳴らして笑われてしまう。

「そなたにされたことなら、どのような行為も至福のものになる。さて、次は私がそなたを悦ばせる番だ」

彼はソレイユの腰を持って少しだけ浮かせた。両足を広げ、彼の股間を跨ぐような姿勢を取らされる。

「え……？」

いつもと違う体勢に、ソレイユは戸惑いを隠せない。

彼がソレイユを膝の上に乗せたまま腰を揺らし、屹立した肉棒の先端が媚肉にヌルヌルと当たった。

「っ……ぁんっ……」

彼の男性器によっていやらしく媚肉を擦られ、腰がビクビクと震えてしまう。

彼が支えてくれているとはいえ、痺れるような快感で上体が不安定に揺らぐ。ソレイユは慌てて彼の首にしがみついた。

「そのまま、ゆっくり腰を下ろしなさい」

ソレイユは命じられたとおり、膝をついて腰を落とす。さんざん彼の指と舌でほぐされたそこはヌプリと濡れた音を立て、ソレイユの唾液で濡れた肉棒を受け入れていく。

「んっ……んぅんっ……ふっ……んんっ……」

媚肉を擦り、蜜口を押し開き、膣襞を引きつらせて、肉棒がヌプヌプと入っていく。

ソレイユの身体がビリビリと痺れた。特に腰から背にかけて、激しい疼きが駆け上がる。

「はぁっ……ぁ……ぁあっ……んんっ……」

ソレイユの金髪が揺れ、肩口が小刻みに震える。そんなソレイユの乱れた姿を、エルネストが愉しそうに見つめていた。

ゆるゆると肉棒が根元まで埋め込まれ、ソレイユの膣は彼のモノでいっぱいいっぱいになる。

亀頭の先端が容赦なく最奥まで穿たれ、身体も心も満たされていく。

「はぁっ……んんっ……い、いいっ……！」

苦しいのに、痛いのに。無意識のうちに「いい」と口にしてしまう。

彼の雄にもっと絡みたくて、背を仰け反らせながら嬌声を上げた。

それに応えるように、エルネストの両手がソレイユの尻の柔肉をやわやわと揉み上げる。

「はぁっ……ぁあっ……んんっ……」

ソレイユの身体を貫く熱棒が、グチュグチュと粘着質（ねんちゃくしつ）な音を立てて膣（ちつ）を掻き回す。

体勢のせいだろうか、いつもはもっと腰の動きが速いのに、今はとてももじれったい。

膣壁（ちつへき）を彼の肉棒で擦り上げたくて、ソレイユは自ら身体を上下に動かしてしまった。

「ぁあっ……んっ……！」

自分から彼の肉棒を激しく求めるなんて。またしても恥ずかしい真似をしてしまったと躊躇（ちゅうちょ）するソレイユに、エルネストが甘く囁（ささや）く。

「今みたいに自分で動けるか？　ソレイユ」

「え……で、でも……」

はしたないからできないと口にする前に、彼の腰がズシンッと膣（ちつ）の奥に突き立てら

れる。

「ひゃぁっ……やぁっ……恥ずかしいっ……駄目、いつもみたいに……」

「これはお仕置きだと言っただろう。そなたは私の雄を自ら求め、淫らに腰を振るんだ。言うことを聞きなさい」

「そんな……ぁんっ……！」

またしても腰を強く打ちつけられ、ソレイユの膣襞がゴリゴリと擦られる。だが、エルネストはすぐに動きを止めてしまう。それが耐えきれない疼きを生み、もっと刺激が欲しくて涙目で彼に訴えた。

「ぁあっ……ん、も、もっと……」

「欲しければ、自分で腰を動かすのだ。さあ、支えてあげるから。これはお仕置きだぞ」

そう言われれば、ソレイユは命令に従うしかない。涙を目に浮かべながら、ゆっくりと腰を揺らし始めた。

彼の手のひらが、しっかりと腰を掴んでいる。バランスを取るため、エルネストの広くて厚みのある肩に、そっと手を置いた。

「ふぅっ……んっ……」

腰を引き上げると、滑る肉棒が膣口近くまで抜けて、途端に物足りなくなり切ない。

そのまま腰を落として硬い怒張を奥深くまで迎え入れ、充実感溢れる刺激がもっと欲しくなる。

両方の感覚が愛おしくて、ソレイユは激しく腰を上下に揺らし、彼の肉棒の抜き挿しを繰り返した。

そのうち、ソレイユの動きに合わせて彼の腰も波打ち始める。

「いいぞ。ソレイユ……気持ちがいい。そなたはどうだ」

「私も……いいっ……ぁあっ……んんっ……」

もうソレイユも意識せず、本能のままに腰を振っている。

口の端から涎を垂らし、潤む目でエルネストの秀麗な顔だけを見つめた。

結合部から漏れる、ヌチュヌチュといやらしい音が鼓膜に響く。

それがソレイユの官能に淫らな火を灯し、もっともっとと腰を揺らしてしまう。

「は……なんという……甘美なお仕置きだ」

「ぁあっ……んっ、んっ……ぁあっ……！」

エルネストの肉棒が激しくソレイユの膣孔を突き上げてくるので、ソレイユも応えるように腰を振った。

「ぁあっ……ぁああぁっ……ぁあ――」

「ソレイユ……愛している。そなただけだ――」

「エルネストッ、私も……愛してっ……ぁあっあぁ……んぁっあぁ――」

熱と愛液にまみれた大きな男性器が膣壁を擦り上げる。部屋に響き渡るのは、ヌチュヌチュという卑猥な音と、ふたりの獣のような喘ぎ声だけ。

ソレイユの頭の中は、もう真っ白だ。めくるめく快感に意識が朦朧とし始める。

彼の腰の動きは激しさを増し、ソレイユも同じくらいの速さで腰を振った。

「あっ……ふぁっ……ぁっ……ぁっ……ああっ――」

何度もエルネストに貫かれ、ソレイユの中で何かが弾けそうになる。

淫らに収斂を繰り返す肉筒に彼の肉棒が何度も押し込まれ、とうとうその先端から熱い飛沫が放たれた。

「……ん……ぁああっ……ぁあ……っ……」

「くっ……はぁ……ソレイユ……」

訪れた絶頂に全身を引きつらせ、小刻みに震えるソレイユを、エルネストがしっかりと抱きしめてくれる。

「はぁ……ぁ……んっんんっ……」

ソレイユは全身を弛緩させ、そのままエルネストの胸に倒れ込んだ。

彼はソレイユの華奢（きゃしゃ）な身体をしっかりと腕に抱くと、蕩（とろ）けそうになっている彼女の耳元で囁（ささや）いた。

「可愛くて健気なソレイユ。私と結婚し、一生隣にいてくれ。大切にすると約束する」

「ふ……う……ん……は、は……ぃ……」

エルネストの熱情にまみれた愛の言葉も、最後のほうはソレイユの耳に入ってこなかった。彼の逞しい胸が気持ちよくて、すっかり寝入ってしまったのである。

§　§　§

数日後。

モンターニュ子爵であるソレイユの父が謁見（えっけん）室に現れ、右手を心臓にあててお辞儀をする。

「国王陛下。お呼びと伺い参上いたしました。……おや、腕を怪我しておられるのですか？」

「ああ。だが問題ない。軽傷だ」

エルネストはそう言うが、実際は十針も縫う大怪我であった。

なぜすぐに傷を見せに来なかったのかと、エルネストは王宮医師に相当文句を言われたらしい。

『仕方あるまい。我が妻となるソレイユにプロポーズするのが先だったのだ』

堂々とそう言ってのけ、王宮医師も呆れた顔をしたとか。

ジェレミーとトレモイユの件は、いまだ公にはされていない。仲間である人身売買組織の連中が証拠を隠滅したり国外逃亡したりしないよう、捜査は水面下で動いているとのこと。

だがそれも、まもなく証拠がすべて揃うという。それからひとりひとり裁判にかけ、罪状を明らかにしていくという流れだ。

できることなら海外に売り飛ばされた女性たちを助けてあげたい。そう思ったソレイユはエルネストに頼んで、そのお手伝いをさせてもらうことになっていた。

反対されると思うから、父には内緒だけれど。

父はシンプルながらも清楚なドレスに身を包んだ娘を見て、嬉しそうに顔を綻(ほころ)ばせた。

「そうでございますか。お身体、ご自愛くださいませ。——我が娘、ソレイユは行儀見習いとして十分に務めておりますでしょうか」

「行儀見習いというより、王妃教育の一環だな。そなたの娘は実に素晴らしいぞ」

「は……王妃……？」

「そうだ。先日そなたの娘にプロポーズしてな、無事によい返事を貰ったところだ」

「……国王陛下。その……本当にソレイユでよいのですか？」

鳩が豆鉄砲を食らったみたいに目を丸くした父が、最初に放った一言がこれだった。

父とはいえ、失礼ではないか。実の娘をなんだと思っている。

「そなたの娘がよいのだ。私には、ほかのどんな令嬢より、ソレイユが光り輝いて見えるぞ。頭に妙な羽をつけたり、無意味な宝飾品で飾り立てたりする娘など、私が求める妻――王妃にはふさわしくない。私は苦楽を共にできる、聡明な女性を求めている。そなたの娘は、まさしく理想と言えるだろう」

青天の霹靂だと言わんばかりの顔をする父に、エルネストがはっきりと告げた。

国王陛下の理想とまで言われ、父は呆然としている。

「ソレイユ……本当に王妃になることを承諾したのかい？」

父が疑わしい目つきでソレイユを見る。

「はい、お父様。プロポーズをお受けいたしました。様々な困難があるでしょうが、ひとつずつ立ち向かっていくつもりです。国王陛下と一緒に……」

ソレイユの決意に、父はまだ懸念を残した顔をしている。

「しかし、私どもは子爵家です。……王妃が下位貴族出身というのは、いかがなものでしょうか」

「仮に平民だったとしても構わぬ。そもそも国王は上位貴族の娘と結婚せねばならぬなどという法律はない」

エルネストが断言すると、父は頭(こうべ)を垂れて床に膝(ひざ)をついた。

「ありがたいお言葉、感謝いたします。娘を……よろしくお願いします」

「もちろんだ。私はソレイユとともに、アーガム王国をますます発展させると約束する」

その言葉を聞いた父は、謁見(えっけん)室に響き渡るような声でエルネストに対しこう宣言した。

「我がモンターニュ子爵家は国王陛下、およびアーガム王国に忠誠を誓い、国の発展に尽力すると誓います」

「頼りにしている」

艶(つや)やかな銀髪をたなびかせ、真の王者としての風格を醸し出す愛しい男を、ソレイユはそっと窺(うかが)い見た。

視線に気がついたのか、嬉しそうな笑みを浮かべて彼もソレイユを見返してきた。

父が謁見(えっけん)室から退室するとすぐ、エルネストは妖しい笑みを浮かべる。

「どうしてそのような潤(うる)む瞳で私を見る。昨晩、あんなに可愛がってやったのに、まだ足りぬと申すのか」

そんなことは申しておりません。ただエルネストはかっこいいなあと心の底から思っただけです。

……などと口に出したら、また起き上がれないくらいに抱かれてしまう。

「なんでもありません。お腹が空いたんです」

そう答えると、エルネストは口角を上げて嬉しそうな顔をする。

「そうか。では休憩するとしよう。次の謁見まで一時間ほどある。そなたの腹を満たしてやろうではないか。私のミルクをたっぷりと注ぎ込んでな」

（……言い方がエロいんだから）

困惑するソレイユの頬に、エルネストが掠めるようにキスをした。

ソレイユの愛しい国王陛下は、本当に絶倫でドエロくて……

素敵すぎて困ってしまう。

書き下ろし番外編

冷酷無比な国王は可愛い花嫁を溺愛するのに忙しい

トレモイユ公爵家が起こした騒動から半年が過ぎ――

アーガム王国は、かつてないほど活気に溢れていた。

その要因として、解体した元老院に流れていた多大な税金が、国王エルネストの命により正しく国民のために使われ、活性化したことがあげられる。

悪の元凶であるトレモイユ公爵家は、取り潰しとまではされなかったが、辺境に隔離されることになった。

往生際の悪いトレモイユ公爵家当主と、その息女ヴィオレーヌは執拗に無罪を訴えたが、エルネストによってあっさりと一蹴された。

悪行に荷担した元元老院の貴族たちも、トレモイユ家ほどではないが処罰を受けた。

辺境へと追い払われたあとも、恩赦の陳情書が幾度となく送られてきたが、エルネストは目を通すこともなければ、話題にすることもなかった。

つまりは、無視ということである。

市井が盛り上がっているのは、トレモイユ一派の失脚だけが要因ではない。

このたび、ソレイユとエルネストの結婚が、アーガム王国に広く公布されたからである。

冷酷無比と名高いエルネストではあるが、国民から畏怖を抱かれている反面、その類いまれな治世力によって尊敬されてもいた。

そのエルネストが生涯の伴侶として、モンターニュ子爵令嬢ソレイユを選んだのは、貴族たちのみならず国民にとっても青天の霹靂と言えた。

下位貴族の女性が王妃に取り立てられるということが、これまでになかったからだ。

アーガム王室から反対の声が次々と上がった……という事態には一切ならなかった。

エルネストの鶴のひと声に反対するものなど、どこにもいない。

彼はアーガム王室からも国民からも、絶対的に信頼されていたのである。

§　§　§

青い空はどこまでも高く澄み渡り、清らかな白い雲がぽっかりと浮かぶ。

鳩が大群をなして飛び立つ姿も壮観で、世界中が晴れの日を祝っているように見えた。

今日は、エルネストとソレイユの結婚の儀が執り行われる日である。

友好国や近隣諸国からも特使や国賓客が大挙して来訪し、ふたりの結婚に祝辞を述べた。

堅苦しいことは苦手なソレイユだが、王妃となった以上そんなことを言ってはいられない。

王妃教育をはじめ、政治や国交について日々勉強に励んだ。

エルネストの横に、単なるお飾り王妃として立っていたくない。

その気持ちだけで、ダンスやマナー、礼儀作法といった苦手なこともなんとかこなしていった。

ソレイユは、鏡に映る自分の姿を、まじまじと眺める。

（私が王妃……男装して剣の稽古ばかりして、経済書を読むのが日課だった、この私が……）

ソレイユは、荘厳な王城の一室で、ウェディングドレスの支度をしている最中である。

ドレッサーの前に腰かけ、メイドの手によってチュールレースで作られたヴェールをふわりと頭に載せられる。

白い生花と宝石のついたティアラで頭部を飾られ、瞳の色と同じ色の宝石のネックレスとイヤリングをつけられた。

キラキラと光る素材でできたウェディングドレスは、背中が大きく開いており、白磁のような白い素肌がのぞいている。

細さを演出するようにきゅっと絞られたウエスト、腰から下はまるで大輪の薔薇(ばら)のようにシフォンのレースがたっぷりと重なっていた。

裾や胸元には繊細な薔薇(ばら)の刺繍(ししゅう)が施(ほどこ)され、真珠が縫い込められている。

上品なデザインのウェディングドレスは、ソレイユにとても似合っていた。

「素敵ですわ。王妃様」

「ほんとうに……私たちも嬉しいです」

「そ、そう……？　恥ずかしいのだけど……おかしくない？」

照れた顔でそう問うと、ふたりのメイドが頭を左右に振った。

「おかしくなどありません！　アーガム王国一の美しさです」

「なら、いいけれど……」

「最後の仕上げが終わったら、もっと綺麗ですよ。さあ、メイクをいたしますね」

メイドがニコニコして、いくつものメイクブラシを手に取る。

「お願いするわ」

メイクは彼女たちに任せて、ソレイユは大人しく鏡に目線を向けた。

鏡の中の自分が、どんどん美しくなっていく。

めでたい日だけれど、ソレイユの頭の中はまったく別のことを考えていた。

(北方の農地は痩せているから、作物の育ちが悪い。国民が貧窮している場所も、おもに北だわ。土地に合う作物を専門家に相談してみたけど、いまだ決定的な答えを貰えない。どうすればいいかしら……)

ソレイユは、日々そんなことに頭を悩ませている。

エルネストとともに生きていこうと決意をしたとき。

これからは、自分のことよりも国民の幸せを一番に考えようと誓った。

(困難から逃げてはいけないわ。無理だと思えるようなことでも、懸命に考えて最善の策を練らなきゃ)

そんなことをあれやこれやと考えていたとき、コンコンと扉がノックされた。

「エルネスト様かしら? まだ早いけど」

扉が開くと、にこやかな表情をしたソレイユの両親が現れた。

ふたりとも両手を広げてきたので、ソレイユは椅子から立ち上がってそれぞれ抱き返す。

「ソレイユ。なんて美しいんだ。はは……ほんとうに我が娘か？」

「まあ。あなたったら。どの角度から見ても、私たちの……」

父の軽口をたしなめようとした母が、突然うるうるとした目をして泣き出してしまった。

「……大事な娘、ソレイユですわ。ああ……一時はどうなることかと思いました。男装に剣の稽古(けいこ)……社交界やパーティにも興味を示さず、このまま行き遅れてしまうかと……う……」

母がポシェットからレースのハンカチを取り出し、目尻をそっと押さえる。

父が苦笑いしながら、母の肩にそっと手を置く。

「晴れの日に泣いてはいけないよ。それにソレイユが勉強好きだったという経緯が抜けているね」

「だって……経済学を学ぼうとする貴族の女性なんて、どこを見渡してもおりませんもの。それも不安要素でしたわ」

母がどれだけ憂おうとも、人生に意味のない事象などない。

ソレイユがおしゃれやパーティにさほど興味を示さなかったからこそ、エルネストが見初(みそ)めたのだから。

ひとしきり両親と語らったのち、ひとりの男性が部屋に入ってきた。

メイドたちは深々とお辞儀をし、ソレイユの両親も礼節を尽くす。

「そろそろ時間だ。我が妻ソレイユ」

低くて甘い声の持ち主はエルネスト、ソレイユの夫となる人物だ。

「エルネスト」

国王という立場のひとを撫で、呼び捨てしたことで、両親がぎょっとした表情をする。様や陛下といった敬称をつけるなと、散々ベッドの中で命じられたからか、ソレイユは彼を名で呼んでいた。

しかし、ふたりきりならともかく、人前では敬称をつけるべきかもしれない。

「国王陛下。お待たせいたしました。用意はできております」

ドレスの裾を摘まみ、楚々とした仕草で頭を下げる。

ソレイユの意をくんだのか、エルネストは艶やかな微笑みを崩さなかった。

（それにしても……）

エルネストの正装は実に壮観であった。

月の光を溶かしたように輝く、艶やかな銀髪。整いすぎる容貌。

背は高く、体つきも屈強だ。

それだけでも目を瞠ってしまうのに、礼装用の白い軍服が見事に似合っている。

胸にはソレイユに用意されたブーケと、お揃いの百合が飾られていた。

その類いまれな美貌に、ソレイユはうっとりと見惚れてしまいそうになる。

（最初はドエロなことばかり仕掛けてきたり、エッチなことばかり言ったりしてくるから、とことん逃げてやろうと思ったけど……）

為政者として際だった能力を持つ彼に、ソレイユはいつの間にか惹かれていたのである。

今となっては、ところ構わず盛ってくる絶倫のエルネストが魅力的に見えてくるから、ソレイユも染まってしまったものだと思う。

「ソレイユ、なんと美しい」

「国王陛下こそ……」

お互いの顔を見つめ合うふたりに、両親もメイドたちも微笑ましいという顔をした。

「私たちはこれにて……」

メイドたちが一礼して部屋を出ていくと、両親もそれに倣った。

「私たちも先に祭壇へ向かっているよ。国王陛下、私の娘をよろしくお願いいたします」

「もちろんだ。一生大切にすると誓う」

エルネストがそう言い切ると、父は嬉しそうに、母はまたまた目尻に涙を浮かべた。

部屋に誰もいなくなると、エルネストがソレイユを再びじっと見つめてくる。

「私の王妃は、この世の誰よりも美しく賢いな」

手放しの賛辞のあと、エルネストがソレイユの額に、ちゅっと可愛い音を立ててキスをした。

彼の形のいい唇がそのまま頬に移動し、唇まで落ちてくる。

「……せっかく艶（あで）やかな色の紅を差したんだ。奪ってはいかんな」

彼が小さく囁（ささや）くと、ソレイユの頭に大きな手のひらを当て、首筋に顔を埋めてくる。

そのままソレイユの耳朶（みみたぶ）や首の下に舌を当ててきた。

「……あ、ダメ、ダメ……です」

「なにがダメだと言うんだ？　そなたの美しい身体はすべて私のものだろう」

そう言うと、頭を押さえているほうとは反対の手で、背中や腰を撫でさすってくる。

「でも、ドレスが皺になります。そんなふうに……あっ……」

その手がドレスの裾をたくし上げると、すべらかな太ももや尻を勢いよく撫でまわしてきた。

「構わん。もっと可愛い声で啼け」

「そんな……」

構うに決まっている。これから挙式だというのに、せっかくのウェディングドレスが皺だらけでは参列客にいらぬ疑いを持たれてしまう。

いや、疑いではない。実際にエルネストが下肢を密着させ、昂(たかぶ)った肉棒を押しつけてきた。

熱く硬いそれは、衣越しでもドクドクと脈動していることがわかってしまう。

さすが絶倫な国王陛下だ。あっという間にこのような状態になるとは恐れ入る。

「も、もう？　こんな……」

「そなたが悪い。まぶしすぎて、美しすぎて、この私を骨抜きにしてしまうのだからな」

そこまで愛を囁(ささや)かれたら、ソレイユも抵抗の手を緩めてしまう。

彼にされるがまま、身体中を撫でまわされる。

大きくて温かくて、優しい手が、ソレイユの身体も心も取り込んでしまう。

「私がそなたを、世界中の誰よりも幸せな花嫁にする。安心して嫁いでくるがいい」

「エルネスト……」

エルネストは蕩(とろ)けるような甘い声でそう囁(ささや)くと、ソレイユの華奢(きゃしゃ)な身体を強く抱きしめてきた。

§　§　§

三十分遅れで始まった、結婚の儀。

微妙に皺の入ったドレス姿で登場したソレイユと、髪の乱れたエルネストの姿に参列客が困惑したかどうかは——

定かではない。

NB ノーチェ文庫

キュートな逆転ラブストーリー

婚約破棄令嬢の華麗なる転身

佐倉 紫（さくら ゆかり）　イラスト：八美☆わん

価格：本体 640 円+税

王子との挙式を間近に控えていた侯爵令嬢アイリスは突然、国王から婚約破棄を告げられる。失意の中、彼女はこれまでの人生をリセットし、自由に生きようと決意するが、淑女の自立は当然ながら前途多難……そんな折、謎めいた美貌の男性との出逢いが、アイリスに新たな恋と人生の扉を開いて――？

詳しくは公式サイトにてご確認ください

https://www.noche-books.com/

携帯サイトはこちらから！

NB ノーチェ文庫

甘く淫らな王宮ラブ♥

聖獣様に心臓（物理）と身体を（性的に）狙われています。

富樫聖夜（とがしせいや）　イラスト：三浦ひらく

価格：本体 640 円+税

城の舞踏会で、エキゾチックな青年に出会った伯爵令嬢エルフィール。彼はエルフィールの胸を鷲掴みにしたかと思うと、いきなり顔を埋めてきた！　その青年は、なんと国を守護する聖獣様。彼曰く、十年以上も前に失くした心臓が彼女の中にあるらしい。そのせいで彼女は城に住むことになってしまい……!?

詳しくは公式サイトにてご確認ください

https://www.noche-books.com/

携帯サイトはこちらから！

本書は、2019年8月当社より単行本として刊行されたものに書き下ろしを加えて文庫化したものです。


この作品に対する皆様のご意見・ご感想をお待ちしております。

おハガキ・お手紙は以下の宛先にお送りください。

【宛先】

〒150-6008 東京都渋谷区恵比寿4-20-3 恵比寿ガーデンプレイスタワー 8F
（株）アルファポリス　書籍感想係

メールフォームでのご意見・ご感想は右のＱＲコードから、
あるいは以下のワードで検索をかけてください。

ご感想はこちらから

アルファポリス　書籍の感想　検索

ノーチェ文庫

冷酷無比な国王陛下に愛されすぎっ！　絶倫すぎっ！

ピンチかもしれませんっ！

仙崎ひとみ

2021年3月5日初版発行

文庫編集－斧木悠子・宮田可南子
編集長－塙綾子
発行者－梶本雄介
発行所－株式会社アルファポリス
〒150-6008 東京都渋谷区恵比寿4-20-3 恵比寿ガーデンプレイスタワー8F
TEL 03-6277-1601（営業）　03-6277-1602（編集）
URL https://www.alphapolis.co.jp/
発売元－株式会社星雲社（共同出版社・流通責任出版社）
〒112-0005 東京都文京区水道1-3-30
TEL 03-3868-3275
装丁・本文イラスト－逆月酒乱
装丁デザイン－MiKEtto
（レーベルフォーマットデザイン－ansyyqdesign）
印刷－中央精版印刷株式会社

価格はカバーに表示されてあります。

落丁乱丁の場合はアルファポリスまでご連絡ください。

送料は小社負担でお取り替えします。


ISBN978-4-434-28573-8 C0193